灯从桌上滚落下来，它的火苗立即升起，变成一位光芒四射、花容月貌的圣洁女子。

"是的,我们大部分时间都在睡觉,等待着生者的一缕思念将我们唤醒……啊!当生命完结之后,睡觉的确令人舒适……不过偶尔醒来一下也叫人欢喜……"

"是谁来了?……"

"是我,夜娘娘……叫把我累坏了……"

"我知道,你在寻找知晓万物与幸福奥秘的青鸟,好让人类更加严苛地奴役我们……"

"不是的,先生,我是为了拯救贝丽绿娜仙女病重的小姑娘才来寻找青鸟的……"

"我很快就要出生了……我还要十二年就能出生……出生是件好事吗？……"

"是呀！……很好玩的！"

船帆渐行渐远。隐约还能听见船上的孩子们渐渐远去的叫声:

"地球!……地球!……我看见它了!……它好美呀!……它好亮好大!……"

青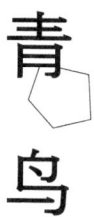
鸟

L'Oiseau Bleu

[比]莫里斯·梅特林克 —— 著
肖紫茜 —— 译

L'Oiseau Bleu

目录

装　扮 _ 001

人　物 _ 004

第一幕 _ 008

　第一场　樵夫的小屋 _ 008

第二幕 _ 035

　第二场　仙女家 _ 035

　第三场　回忆之国 _ 047

第三幕 _ 065

　第四场　夜　宫 _ 065

　第五场　森　林 _ 089

第四幕 _ 119

　第六场　幕　前 _ 119

　第七场　墓　地 _ 122

第八场　印有美丽云彩的幕前 _ 127

　　第九场　幸福花园 _ 130

第五幕 _ 159

　　第十场　未来之国 _ 159

第六幕 _ 187

　　第十一场　告　别 _ 187

　　第十二场　苏　醒 _ 199

装　扮

蒂蒂尔：佩罗童话中小拇指的装扮，穿着朱红色短裤，淡蓝色短袄，纯白长筒袜和褐色小皮鞋或短靴。

米蒂尔：格林童话中格莱特或小红帽的服装。

光：月光色长裙，是一种泛着银辉仿佛能发出光芒的素白纱裙。新希腊风格，或如沃尔特·克莱恩[1]设计的，甚至带点帝政时期样式的盎格鲁-希腊风格的高腰无袖长裙。头上佩冠带或轻巧的环冠。

仙女贝丽绿娜，邻居贝尔林格：童话中经典的贫苦女子装扮。第一幕中可略去仙女变身成公主的装扮。

蒂尔父母及祖父母：格林童话中德国樵夫和农民的服装。

蒂蒂尔的弟弟妹妹们：略有不同的小拇指装扮。

---

1 沃尔特·克莱恩，十九世纪下半叶英国著名艺术家和插画家，一生为儿童图书创作了诸多插画作品，享有盛名。——译者注（如无特别说明，本书中注释均为译者所注）

时间：时间之神的经典装束，穿黑色或藏青色大氅，有一把雪白飘逸的长胡子，手持镰刀和沙漏。

母爱：与光的装束类似，穿柔软、几近透明的纯白纱裙，风格为希腊雕塑式。身上的珠宝装饰尽可能繁多，但不可破坏整体纯粹质朴的和谐。

欢乐们：光彩夺目的长裙，颜色柔和又有细微不同，如初醒玫瑰、莞尔清波、拂晓蔚蓝、琥珀微露。

家中的幸福们：颜色各异的长裙，或穿农民、牧羊人、樵夫等形象的服装，但应理想化处理，演绎仙人的感觉。

丰腴幸福们：在变形之前，穿红黄相间、宽大厚重的织锦大衣，佩戴又大又沉的珠宝；在变形之后，穿咖啡色或巧克力色的背心，让人感觉像气球木偶。

夜：穿缀满星形图案、泛出金褐反光的宽大黑袍；身披多重轻纱，手持暗色罂粟花。

邻居家的小姑娘：一头晶莹的金发，穿纯白长裙。

狗：红衣裳、白短裤、漆皮靴、油布帽，令人联想到约翰牛[1]的服装。

---

[1] 约翰牛，英国拟人形象，出自1727年苏格兰作家约翰·阿布斯诺特的小说《约翰牛的生平》，其形象为头戴高帽、足蹬长靴、手持雨伞的矮胖绅士。

猫：缀有亮片的黑色丝绸紧身衣。

（狗、猫这两个角色的头部装扮应进行适当的动物化处理。）

面包：奢华的帕夏[1]装扮。穿有金边提花的宽大丝绸礼服或深红色天鹅绒礼服，戴大头巾，佩土耳其弯刀。大腹便便，脸色红润，面颊丰腴。

糖：丝绸衣服，类似阉仆的服装风格，半白半蓝，以示糖块的包装纸。发型参考宫殿侍卫。

火：红色紧身衣，带有金色衬里的闪光朱红大衣。头上戴有五颜六色的火焰羽毛发饰。

水：裙子颜色为《驴皮公主》故事里的"时间之色"，即青蓝色或海蓝色，光泽明亮，如同流淌中的水波，同样是新希腊式或盎格鲁-希腊式，但比光的裙子更为宽松、更具流动感。头饰为鲜花、水藻或芦苇。

动物们：民间装扮或农民装扮。

树木：深浅不一的绿色或树干色调的长袍。加上树叶或树枝等标志性装饰，凸显它们的身份。

---

1 帕夏，奥斯曼帝国的高级官员。

人　物

蒂尔妈妈　　　　　蒂尔奶奶

蒂尔爸爸　　　　　蒂尔爷爷

蒂蒂尔　　　　　　皮埃罗

米蒂尔　　　　　　罗贝尔

仙女贝丽绿娜　　　让

时辰女神们　　　　马德莱娜

面包　　　　　　　皮埃雷特

火　　　　　　　　波利娜

狗　　　　　　　　丽格特

猫　　　　　　　　琪琪

水　　　　　　　　夜

牛奶　　　　　　　睡眠

糖　　　　　　　　死神

光　　　　　　　　幽灵们

伤风	山羊
黑暗们	公鸡
恐惧们	马
星星们	狼
夜的清香	猪
鬼火	驴
萤火虫	熊
微露们	山毛榉
夜莺之歌	常春藤
杨树	柏树
椴树	榆树
栗树	富裕幸福
柳树	物主幸福
橡树	自满幸福
枞树	不渴而饮幸福
小兔	不饥而食幸福
公牛	一无所知幸福
阉牛	一窍不通幸福
母牛	无所事事幸福

成天睡觉幸福

笑容小胖

天使们

孩童幸福们

身体健康幸福

空气清新幸福

热爱父母幸福

蓝天幸福

森林幸福

晴天幸福

春天幸福

日落幸福

观星幸福

下雨幸福

冬火幸福

天真幸福

赤脚踏露幸福

生命不可承受之乐

正义欢乐

善良欢乐

工作完成欢乐

思考欢乐

理解欢乐

发现美丽欢乐

爱之大欢乐

母爱欢乐

青衣孩子们

青衣女人

有翅膀的青衣小孩

发明药方的青衣小孩

燃起奇异火焰的青衣小孩

发明飞翔机器的青衣小孩

发明探宝器的青衣小孩

背着巨大雏菊的青衣小孩

托着葡萄串的青衣小孩

拎苹果篮子的青衣小孩

推着蜜瓜小车的青衣小孩

九大行星国王

在柱脚边睡觉的小孩

抠鼻子的小胖子

一对恋人小孩

吮着拇指的小孩

红棕色头发的小孩

睡倒在各个角落的孩子

蒂蒂尔未来的弟弟

时间之神

瘦弱的青衣小孩

携带疾病的青衣小孩

对抗不公的青衣小孩

不想出生的青衣小孩

想出生的青衣小孩

携带罪恶的青衣小孩

启蒙思想的青衣小孩

嫁接梨树的青衣小孩

想登船的青衣小孩

邻居贝尔林格

贝尔林格的小姑娘

第一幕

第一场　樵夫的小屋

场景位于一座樵夫的小屋内，装饰虽质朴无华，但不至于惨淡。壁炉里木柴燃着火苗。设有厨房用具、衣橱、面包箱、时钟、纺车、水槽等。桌上有一盏点燃的灯。衣橱两边的脚上分别卧着一条公狗和一只母猫——它们把鼻子埋在尾巴下，盘成一团睡着了。它们中间是一大块蓝白色糖块。墙上挂着一个圆形鸟笼，里面关着斑鸠。背景上有两扇百叶窗，正关着。其中一扇窗户下，摆着一张木板凳。场景左侧是带有巨大门闩的小屋大门。右侧则是另一扇门，通往阁楼的梯子，以及两张小小的儿童床，窗边的两把椅子上叠放着整整齐齐的衣服。

幕启，蒂蒂尔和米蒂尔正在他们的小床上睡得很熟。蒂尔妈妈最后一次为他们披好被子，俯下身端详着他们的睡颜，冲着从虚掩的门内探出头来的蒂尔爸爸挥手。她将手指放在嘴唇上，示意他不要发出声响，随即把灯熄灭，踮着脚从右侧下场。场景暂时保持昏暗，之后有光从百叶窗的缝隙间透进来，逐渐变亮。桌上的灯自顾自地又亮了。两个孩子好像睡醒了，从床上坐起来。

蒂蒂尔	米蒂尔？
米蒂尔	蒂蒂尔？
蒂蒂尔	你还睡着吗？
米蒂尔	你呢？
蒂蒂尔	没有，我没有在睡，我不是正在和你说话吗？
米蒂尔	今天是圣诞节，对吧？
蒂蒂尔	还没到，明天才是。可是今年圣诞老人不会给我们带东西来了……
米蒂尔	为什么呢？
蒂蒂尔	我听妈妈说，她没能去城里提前通知

	他……不过他明年会来的……
米蒂尔	明年会很快吗？
蒂蒂尔	没有那么快，他今天会去有钱孩子的家里……
米蒂尔	啊？
蒂蒂尔	瞧！妈妈忘了熄灯！我有个主意……
米蒂尔	什么主意？
蒂蒂尔	我们先起床……
米蒂尔	这可不行……
蒂蒂尔	反正现在没有人在……你瞧见百叶窗那儿了吗？
米蒂尔	噢！好亮呀！
蒂蒂尔	那是宴会的灯光。
米蒂尔	什么宴会？
蒂蒂尔	对面有钱孩子家里的宴会。这是圣诞树的灯光。我们去把窗户打开……
米蒂尔	可以吗？
蒂蒂尔	当然可以啦，反正就我们在这儿……你听到音乐了吗？快起来。（两个孩子起

来后跑向一扇窗户，踩在板凳上将百叶窗推开。一道强烈的光亮穿透房间。孩子们近乎贪婪地看着窗外。）我们全都看见啦！

米蒂尔	（在板凳上只占到一丁点儿位置）我看不见……
蒂蒂尔	下雪了！……看哪，来了两辆六匹大马拉的车！
米蒂尔	车里出来十二个小男孩！
蒂蒂尔	你好笨呀！……那些是女孩……
米蒂尔	他们穿着裤子呢……
蒂蒂尔	你还真没说错……别这样推我呀！
米蒂尔	我可没动你。
蒂蒂尔	（独自占了整个板凳）你把位置都占了……
米蒂尔	我一点儿位置都没有了！……
蒂蒂尔	好吧，别说了。快看那棵树！
米蒂尔	哪棵树？
蒂蒂尔	圣诞树呀！……你只知道往墙上看！

米蒂尔	我看墙是因为我没位置……
蒂蒂尔	（让出板凳上非常小的一块空间）好了！……现在够了吧？……这是最好的位置了吧？……那里有好多灯！好亮呀！
米蒂尔	所以他们这么吵是在做什么？
蒂蒂尔	他们在演奏音乐。
米蒂尔	他们是发火了吧？
蒂蒂尔	不是，但这确实挺招人讨厌的。
米蒂尔	又来了一辆白马拉的车！
蒂蒂尔	别嚷嚷了！好好看！
米蒂尔	挂在树枝后面那些金灿灿的是什么东西呢？
蒂蒂尔	当然是玩具啦！有兵刀、步枪、士兵、大炮……
米蒂尔	那他们挂布娃娃了吗？
蒂蒂尔	布娃娃？这太蠢了吧，他们可不会对布娃娃感兴趣。
米蒂尔	桌子上那些又是什么呢？

蒂蒂尔	是蛋糕、水果、奶油蛋挞……
米蒂尔	我小时候吃过一次。
蒂蒂尔	我也吃过,比面包好吃多了,可就是我们有的太少了……
米蒂尔	他们有的可不少,桌子都摆满了呢,他们会吃吗?
蒂蒂尔	当然了,不然他们拿来做什么?
米蒂尔	那为什么不马上就吃呢?
蒂蒂尔	因为他们还不饿。
米蒂尔	(惊愕)他们不饿?怎么会?
蒂蒂尔	他们想吃的时候就可以吃……
米蒂尔	(怀疑)每天都如此吗?
蒂蒂尔	据说是……
米蒂尔	那他们会全部吃光吗?还是他们会给别人?
蒂蒂尔	给谁?
米蒂尔	给我们。
蒂蒂尔	他们又不认识我们……
米蒂尔	如果我们管他们要呢?

蒂蒂尔	我们不能这么做。
米蒂尔	为什么？
蒂蒂尔	因为这是不被允许的。
米蒂尔	（拍着手）噢！他们可真漂亮！
蒂蒂尔	（激动）他们笑呀，笑呀！
米蒂尔	那些孩子开始跳舞了！
蒂蒂尔	是呀，我们也来跳舞吧！

（他们开心地在板凳上踩起脚来。）

米蒂尔	噢！这可真有趣！
蒂蒂尔	有人给他们蛋糕了！他们可以碰到了！他们吃了！他们吃了！他们吃了！……
米蒂尔	那些最小的孩子也有。他们有两块、三块、四块！
蒂蒂尔	（沉醉在喜悦中）噢！真美味呀！好吃！真好吃！
米蒂尔	（数着想象中的蛋糕）我也收到了十二块！
蒂蒂尔	那我收到的有十二的四倍呢！……不过，我会分给你的……（有人敲响小屋

的门。蒂蒂尔瞬间噤声，害怕起来）会是谁呢？

米蒂尔 （惊慌）是爸爸！

（他们迟迟未去开门，就在这时，却看见门上粗大的门闩嘎吱嘎吱地自己抬了起来。门微微敞开一点儿，走进来一位身穿绿色衣裳、头戴红色兜帽的小个子老婆婆。她驼背跛足，还有一只眼睛是瞎的；鼻子和下巴高高耸起，几乎触在一起；弓着背，拄着拐杖走来。这副模样，令人无法相信她是一位仙女。）

仙　女 你们这里有没有会唱歌的草或者青鸟？

蒂蒂尔 我们家有草，但是它们不会唱歌……

米蒂尔 蒂蒂尔有只鸟。

蒂蒂尔 但我不会把它给别人的……

仙　女 为什么？

蒂蒂尔 因为那是我的鸟。

仙　女 这当然是个理由。这只鸟在哪儿呢？

蒂蒂尔 （指着鸟笼）在笼子里……

仙　女	（戴上眼镜仔细检查鸟）我才不要这一只，它又不是青色的。你们得替我找到我想要的那种。
蒂蒂尔	可我不知道它在哪儿呀！
仙　女	我也不知道。所以要去找。会唱歌的草，我可以不要，但这青鸟我非要不可。这是为我的小姑娘找的，她生了重病。
蒂蒂尔	她怎么了？
仙　女	具体的我也说不清。她想变得幸福……
蒂蒂尔	啊？
仙　女	你们知道我是谁吗？
蒂蒂尔	您长得有点像我们的邻居贝尔林格太太……
仙　女	（骤然发火）一点儿也不像，我和她毫无关联。真是可恶！我可是贝丽绿娜仙女……
蒂蒂尔	啊！是吗……
仙　女	你们必须马上出发。
蒂蒂尔	您和我们一块儿去吗？

仙　女	绝不可能，因为只要我离开一小时以上，我早上炖的汤就会溢出来……（依次指向天花板、壁炉和窗户）你们想从这儿、那儿还是那儿出去？
蒂蒂尔	（胆怯地指向门）我更想从这儿出去……
仙　女	（又勃然大怒）绝不可能，这真是一个令人厌恶的习惯！（指着窗户）我们从这儿出去吧……行了！你们等什么呢？马上穿好衣服。（两个孩子听从命令，赶快穿起衣服）我来帮米蒂尔穿。
蒂蒂尔	我们没有鞋子……
仙　女	不要紧。我会给你们一顶有魔力的小帽子。你们的爸爸妈妈在哪儿？
蒂蒂尔	（指向右边那扇门）他们在那儿，他们睡了……
仙　女	那你们的祖父母呢？
蒂蒂尔	他们去世了……
仙　女	那你们的弟弟和妹妹们呢？你们有弟弟

	妹妹吗?
蒂蒂尔	有的,有的,三个弟弟……
米蒂尔	还有四个妹妹……
仙　女	他们人呢?
蒂蒂尔	他们也去世了……
仙　女	你们想再见到他们吗?
蒂蒂尔	噢,想!想立刻见到他们!快让他们出现吧!
仙　女	我可没有把他们揣在口袋里……不过正好,你们路过回忆之国时会和他们重逢的。就在寻找青鸟的必经之路上,过了第三个路口的左边就是了——刚才我敲门的时候,你们在做什么?
蒂蒂尔	我们在玩吃蛋糕的游戏。
仙　女	你们有蛋糕吗?在哪儿呢?
蒂蒂尔	在有钱孩子的宫殿里。快来看,多漂亮呀!

　　(他把仙女引向窗边。)

| 仙　女 | (到窗边)但这是别人在吃蛋糕啊! |

蒂蒂尔	是的,不过我们什么都能看到……
仙　女	你不生他们的气吗?
蒂蒂尔	为什么要生气呢?
仙　女	因为他们把蛋糕全都吃了。我觉得他们不和你们分享是件错事……
蒂蒂尔	这没什么,因为他们家有钱啊……嗯?他们家多美啊!
仙　女	比不上你家。
蒂蒂尔	嘿!我们家又暗又窄,还没有蛋糕。
仙　女	实际上这是一回事,只是你看不到罢了。
蒂蒂尔	才不是,我看得清清楚楚,我的视力可好了。教堂钟表盘上的时刻,爸爸看不清,我可看得清。
仙　女	(骤然发怒)我跟你说了你看不见!那我在你眼中是什么样子的?我长得怎么样?(蒂蒂尔尴尬地沉默着)很好,你回答得出吗?我倒想看看你是否真的看得清?我是美丽还是丑陋的?(蒂蒂尔越来越尴尬了,继续沉默着)你不想回

|||答吗？我是年轻还是老得不行？我是面庞红润还是脸色发黄？或许我还驼背吧？

蒂蒂尔　　　（安慰道）不是的，不是的，您的背不怎么驼……

仙　女　　　才不是，在你看来，我的背就是驼得厉害……我是不是还有个鹰钩鼻和瞎掉的左眼啊？

蒂蒂尔　　　不，不，我可没有这么说……它为什么瞎了呢？

仙　女　　　（愈发被激怒）它才没有瞎！傲慢无礼！可悲至极！我的左眼比右眼更美丽、更大、更明亮，像天空一样湛蓝……那你怎么看我的头发呢？它们如麦粒般金黄，看起来像未被玷污的黄金！这样的头发我有许多，以至于我的脑袋沉甸甸的。它们四处疯长……你看见我手上的了吗？

（她展示着两绺稀薄的灰白发丝。）

蒂蒂尔	是的,我看到了几根……
仙　女	(愠怒)几根!这是几绺!几束!几簇!几把的黄金!我知道有人会说他们什么也没看见,但是我想你不是那样瞎眼的坏人吧?
蒂蒂尔	不是的,不是的,只要没有被遮住,我都能看得清清楚楚……
仙　女	那你应当用同样的胆识去看待其他事物!……人类着实奇怪,自从仙女们消亡后,他们就什么也看不见了,而且心中还毫无疑惑。幸好我总是随身带着能够重新点燃熄灭之眼的所有必需品……我会从包里掏出什么呢?
蒂蒂尔	哦!一顶漂亮的绿色小帽……帽徽上这么闪耀的是什么东西?
仙　女	是能够让人重见光明的大钻石……
蒂蒂尔	哇!
仙　女	是的,只要把这顶帽子戴在头上,转动一下钻石,就像这样从右往左转,瞧,

	你看到了吗？这样它会挤压到头上一个无人知晓的凸起处，就能让眼睛睁开了……
蒂蒂尔	那不会有什么坏处吗？
仙　女	不会，它可是件神物……你甚至可以看见事物的内部，比如面包的灵魂、红酒的灵魂，或者胡椒的灵魂……
米蒂尔	我们也能看见糖的灵魂吗？
仙　女	（骤然发怒）那还用说！我不喜欢回答无用的问题……糖的灵魂又不比胡椒的灵魂更有趣……好啦，我已经倾尽所能帮助你们去寻找青鸟……我知道隐身魔戒和飞毯或许对你们更有帮助……但我把锁着它们的橱柜钥匙弄丢了……啊！我差点儿忘了……（指着钻石）这样拿着它，你看……多转一圈，我们就能重见过去……再转一小圈，就能看见未来……很神奇、很实用吧，而且还没有任何声音……

蒂蒂尔	爸爸会从我这里把它拿走的……
仙　女	他看不到的。只要你把它戴在头上,就没人能够看见它……你想试试吗?(她为蒂蒂尔戴好绿色小帽)现在,转动钻石……转一圈就会……

　　(蒂蒂尔刚一转动钻石,所有事物瞬间发生奇妙的变化。苍老的仙女霎时间变成一位美丽迷人的公主。小屋墙壁上的石块绽放出光芒,如同湛蓝的宝石。它们变得无比透明,像最珍贵的宝石一样闪闪发光,耀眼夺目。简陋的家具好像被赋予了生命,闪耀着光辉。白木桌变得像大理石桌一样庄重华贵。时钟表盘眨着眼睛,露出和气的微笑,摇晃的钟摆前的小门微微开启,任由时辰女神们逃逸而出,她们互挽着手,发出爽朗的笑声,随着美妙的音乐翩然起舞。指着时辰女神们大叫的蒂蒂尔,惊愕不言自明。)

蒂蒂尔	这些美丽的女士是谁?
仙　女	别怕,她们是你一生中的众多时辰,她们正为此刻难得的自由和现身而雀跃呢……
蒂蒂尔	为什么这些墙变得这么明亮?……它们是用糖或宝石砌成的吗?
仙　女	所有石头都一样,它们都很珍贵,只是人类眼中只能看见其中几种罢了。
	（在他们说话期间,奇景仍在延展,愈发完整。四磅面包[1]们的灵魂纷纷现形,变成一群小人儿,穿着面包壳般棕黄的紧身衣,身上沾满面粉屑,一脸惊讶地爬出大面包箱,围着桌子蹦蹦跳跳。穿着一身明黄朱红衣裳的火也忍不住跑出炉膛来到桌边,大笑地扭动起身体追赶面包们。）
蒂蒂尔	这些淘气的小人儿是谁呀?

---

[1] 四磅面包,法国在十八世纪引入公制前,以四磅面包为一种面包重量的计量单位。一个四磅面包约为1.8公斤。

仙　女	别担心,他们是四磅面包的灵魂。趁着这真相现形的时刻,他们赶忙从逼仄的面包箱里跑出来透口气呢……
蒂蒂尔	那一大团气味难闻的红色家伙呢?
仙　女	嘘!别说得这么大声,那是火……他脾气可不太好。

　　(这段对话并未打断奇景。在衣橱脚边睡成一团的狗和猫忽然同时发出一声高啸,消失在地板仓门之后,取而代之的是两个人影,其中一位戴着狗面具,另一位则戴着猫面具。随即,戴狗面具的小人儿——现在起我们就称他为"狗"了——迅速冲向蒂蒂尔,猛烈地亲吻他,并用声响不凡、狂热迅猛的爱抚将他压倒了;而另一位戴着猫面具的小巧女人——为了方便,下面就称她为"猫"吧——先梳理了毛发,洗净双手,捋顺胡须,才慢悠悠地走向米蒂尔。)

狗	（叫嚷蹦跳着，把一切弄得乱七八糟，令人无法忍受）我的小主人！你好！你好，我的小主人！我终于……终于可以说话了！我有好多事想和你说！我之前怎么叫唤和摇尾巴都没有用！你不明白我的意思！但是现在好了！你好！你好！我爱你！我爱你……你想看我做点惊人的事儿吗？你想看我后掌站立吗？还是要我倒立走路或者跳绳？
蒂蒂尔	（对着仙女）这位长着狗头的先生是谁呀？
仙　女	你认不出来吗？这是你释放出来的蒂洛的灵魂呀……
猫	（靠近米蒂尔，彬彬有礼、举止有度地向她伸出手）早安，小姐……今晨的您是多么容光焕发！
米蒂尔	您好，女士……（问仙女）这是谁……
仙　女	这多容易认，这是蒂莱特的灵魂在向你伸手……快亲吻她……

狗	（把猫挤开）我也要！我也要吻小主人！我也要吻小姑娘！我要亲吻所有人！好棒！我们要玩个痛快！让我来吓吓蒂莱特！汪！汪！汪！
猫	先生，我可不认识您……
仙　女	（拿魔棒威胁狗）你呀，给我保持安静，否则永远别开口说话了……
	（与此同时，奇景仍在上演：墙角的纺车自己旋转起来，编织出绚烂夺目的光锦，令人眼花缭乱；另一角的水池高亢地歌唱起来，化身为一座发光的喷泉，从水槽内漫溢出来的是成片的珍珠与绿宝石；水的灵魂也从中倾泻而出，那是一个浑身湿透、头发凌乱的年轻姑娘，马上就要和火打起架来。）
蒂蒂尔	这位湿淋淋的女士是？
仙　女	不用怕，这是从水龙头里出来的水……
	（奶罐骤然倾倒，从桌上滚落下来，砸碎在地上。从流溢而出的牛奶中

立起一位身材修长、腼腆的白衣女子，怯生生地好似对什么都感到害怕。）

蒂蒂尔　　　这位穿着衬衫、神情拘谨的女士是？

仙　女　　　这是打碎了罐子的牛奶……

　　　　　　（衣橱脚边的糖块开始变大膨胀，撑破了它的包装纸，从中显现出一个神态甜腻、透着虚伪气息的家伙儿，穿着蓝白撞色的长褂，带着怡然自得的微笑，走向米蒂尔。）

米蒂尔　　　（忧虑）他想做什么？

仙　女　　　他就是糖的灵魂呀！

米蒂尔　　　（安下心来）他有麦芽糖吗？

仙　女　　　他口袋里除了这个什么也没有，他每根手指都是一颗麦芽糖……

　　　　　　（灯从桌上滚落下来，它的火苗立即升起，变成一位光芒四射、花容月貌的圣洁女子。她穿着一袭晶莹耀眼的长纱裙，一动不动地出着神。）

蒂蒂尔　　　是女王殿下！

米蒂尔　　　　是圣母玛利亚!

仙　女　　　　不是,孩子们,这是光……

　　　　　　　　（架子上的锅碗瓢盆像荷兰陀螺般旋转起来,衣橱的门扇砰砰鼓起掌,如月色与日光般耀眼的织物们就此上演了一场华丽的时装秀,从阁楼梯子滑下的褴褛衣衫们也忍不住加入其中,他们并不逊色。就在这时,右边门上响起了三声颇为粗重的敲门声。）

蒂蒂尔　　　　（受惊）是爸爸!……他听到我们的声音了!

仙　女　　　　转动钻石!从左往右转!（蒂蒂尔闻言急速旋转钻石）别这么快!上帝啊!太迟了!你转得太急了。他们根本没有时间回到自己的位置上,我们可要有大麻烦了……

　　　　　　　　（仙女重新变回老妪,小屋墙壁的光辉褪去,时辰们返回时钟内,纺车也停止转动,诸如此类。但在一片匆忙与

029

慌乱中，火为了寻找壁炉在房间内发狂般四处乱跑，一块四磅面包在面包箱里找不到位置，惊叫着抽噎起来。）

仙　女　　　怎么了？

面　包　　　（泪流满面）面包箱里没有位置了！

仙　女　　　（俯身看面包箱）有的，有的……（将其他面包推回它们的起始位置）看，快来，速速归位……

　　　　　　（仍旧有人再敲门。）

面　包　　　（尝试进入面包箱内却无果，绝望极了）我进不去！他肯定会第一个把我吃了的！

狗　　　　　（在蒂蒂尔身旁不住地蹦跳）我的小主人！我还在这儿！我还可以说话！我还可以亲吻你！还可以！还可以！还可以！

仙　女　　　怎么回事，你也回不去？你为什么还在这儿？

狗　　　　　我运气好……我没来得及回到沉默状态里，地板门关得太快了……

猫	我也是……这样的话，会发生什么呢？会不会有危险？
仙　女	上帝啊，我必须告诉你们真相，凡是陪伴这两个孩子一同旅行的人，在旅途结束后都会死去……
猫	那如果不陪他们一起旅行的呢？
仙　女	那也只能多活几分钟……
猫	（对着狗）来吧，让我们回门里去吧……
狗	不，不！……我不想回去！……我想陪在小主人左右！……我想一直跟他说话！
猫	笨蛋！
	（敲门声仍在持续。）
面　包	（号啕大哭）我不想在旅途结束时丧命！……我想马上回我的面包箱里去！
火	（不停地在房间里乱窜，晃得人头晕，还不时地发出烦躁的嗞嗞声）我找不到壁炉了！
水	（尝试回到水龙头内却回不去）我也没

|||法回到水龙头里了！……

糖　　　　　（在包装纸旁跳脚）我把包装纸撕坏了！

牛　奶　　　（疏懒而羞赧）我的罐子碎了……

仙　女　　　我的上帝，他们可真够笨的！……一群愚蠢的懦夫！……你们宁愿继续活在逼仄的箱子里、地板门里、水龙头里，也不愿意陪伴孩子们一起踏上寻找青鸟之路吗？

所有人　　　（除了狗和光）是的！是的！马上让我们回去！……我的水龙头！……我的面包箱！……我的大壁炉！……我的地板门！……

仙　女　　　（对望着灯之碎片出神的光问道）你怎么想，光？

光　　　　　我将陪伴孩子们一起……

狗　　　　　（喜出望外地高呼）我也是！我也是！

仙　女　　　那再好不过了。再说，现在打退堂鼓已经太迟了，你们没得选择，所有人必须和我们一起出发……不过，火，你要小心不要靠近任何人。狗，不要去逗弄猫。水，站直了，不要流得到处都是……

　　（右边剧烈的敲门声仍在持续。）

蒂蒂尔　　（伸长耳朵）还是爸爸！……他这次要起床了。我听见他的走路声了……

仙　女　　我们从窗户出去……你们都到我的屋子里去，我会给动物和事物们穿上适合的衣服……（对面包说）面包，你拿上笼子，到时候我们要把青鸟放在里面……你负责看管它……快，快，不要耽误时间了……

　　（窗户忽然向下延长，变成一扇门的形状。待所有人出去后，它又变回了最初的样子，阖上窗扇。房间再次陷入昏暗，两张小床静静地躺在阴影中。右侧的门微微开启，蒂尔父母的脑袋从门缝中探出。）

蒂尔爸爸　　什么也没有……是蟋蟀在叫呢……

蒂尔妈妈	你看见孩子们的身影了吗?
蒂尔爸爸	当然……他们睡得正香呢……
蒂尔妈妈	我听见他们的呼吸声了。

       (门再次关上了。)

       (幕落。)

第二幕

第二场　仙女家

　　仙女贝丽绿娜宫殿的宏伟内景。场景内设有柱头上镶嵌着金银的浅色大理石柱、楼梯、门廊、栏杆等。

　　衣着华丽的猫、糖和火从后幕右侧进。他们从一个流光溢彩的房间里走出来，那是仙女的更衣室。猫穿了一件黑绸衬衫并在上面披了一层轻纱，糖穿了一袭纯白与淡蓝相间的长丝裙，火的头发上戴了七彩羽饰，身上是一件衬里为金色的猩红大衣。他们穿过整个大厅，来到前景右侧。猫将他们聚集在门廊下。

猫　　　　　　　　到这儿来。我对这座宫殿的小道了如指掌……仙女贝丽绿娜是从蓝胡子[1]那里继承它的……趁着孩子们和光探望仙女家小姑娘的工夫，好好利用我们最后的自由时光……我把你们召集在这儿，是为了让大家对我们所处的形势有一个清楚的认识……人都到齐了吗？

糖 狗从仙女的更衣室里出来了，看，他来了……

火 他穿的这是什么玩意儿？

猫 他选了一套灰姑娘马车仆从的衣服……不过这正好适合他……毕竟他奴性难改……我们躲到栏杆后面去……不知道为什么，我对他总是有点疑心……还是不要让他听到我要告诉你们的事比较好……

糖 没用的……他已经发现我们了……瞧，水也从更衣室出来了。上帝呀！她可

---

[1] 蓝胡子，佩罗童话中的经典角色，是一位家财万贯、权势遮天的贵族，拥有一座富丽堂皇的宫殿。

真美！

　　　　　（狗和水与他们会合了。）

狗　　（蹦蹦跳跳）瞧瞧！瞧瞧！……我们多美呀！看看这些花边，品品这些刺绣！……这可都是真金实银的！

猫　　（对水）这是驴皮公主的"时间之色"长裙吧？……我好像认得它……

水　　没错，还是它最适合我……

火　　（咬牙切齿）她没拿雨伞……

水　　您说什么？

火　　没有，没有……

水　　我以为您在说我前几天看到的一个大红鼻子呢……

猫　　好了，别吵了，我们还有要事相商呢……现在就差面包还没到了，他在哪儿呢？

狗　　他拿不定主意要选哪套衣服……

火　　当你浑身冒着傻气，还挺了个大肚子时，这确实得费点心思……

狗	挑来挑去,他最后选了件挂满宝石的土耳其长袍,拿着把弯刀,头上还缠了盘巾……
猫	总算出来了!……他穿了蓝胡子最漂亮的长袍……
	(面包穿着他们刚才描述的装束进场了。丝绸长袍在他的大肚子上勉强交叠。腰带上挂着弯刀,他一手拿着刀柄,另一只手提着为青鸟准备的笼子。)
面 包	(得意地左右摇晃着身体)怎么样?你们觉得我这一身好看吗?
狗	(围着面包蹦蹦跳跳)好美呀!好蠢呀!好美呀!好美呀!……
猫	(问面包)孩子们换完装扮了吗?
面 包	换好了,蒂蒂尔先生穿了像小拇指那样的蓝色小祆、纯白长袜和朱红短裤,米蒂尔小姐穿了格莱特的裙子和灰姑娘的水晶鞋……不过,更值得一提的是给光的装扮!

狗	为什么这么说？
面　包	仙女觉得她天生丽质不需要特别打扮！……我就以我们的尊严为名提出抗议，认为这是最基本的要素，必须被好好尊重，还撂下了狠话："假如不给光打扮的话，我就拒绝和她同行……"
火	应该给她买个灯罩！
猫	那仙女怎么回答的？
面　包	她在我脑袋和肚子上赏了几棒……
猫	然后呢？
面　包	我很快就被说服了，不过最后时刻，光还是选了一条放在驴皮公主宝藏箱底的月色长裙……
猫	好了，聊得够多了，我们得抓紧时间……此事关乎我们的未来……你们刚才也听到仙女的话了，旅程结束的同时意味着我们生命的终结……所以我们要想方设法尽量延长这趟旅程……不仅如此，还要考虑到我们各自族群和后代的

命运……

面　包　好极了！好极了！……猫说得有道理！

猫　听我说……在场的各位，无论是动物、物品还是元素，大家都拥有一个人类尚不知晓的灵魂，这就是为什么我们还保留了一丝独立性。但是，倘若他们找到了青鸟，就势必会知道和看见一切，到时候我们就完全任其摆布了……这是我那位担任"生命之谜"守护者的老朋友夜刚刚告诉我的……因此，为了我们的利益，要不惜一切代价阻止人类找到青鸟，即便是危及两个孩子的生命也在所不惜……

狗　（愠怒）这家伙在说什么？你再说一遍让我好好听清楚？

面　包　安静！……你没有发言权！……我在主持会议呢……

火　谁任命您为会议主席了？

水　（对着火）住嘴！……您在这搅和什么？

火	我有必要参与其中……用不着听从您的意见……
糖	（充当和事佬）拜托……大家别吵了……时间很紧急……我们首先得在行动方案上达成一致……
面包	我完全赞同糖和猫的观点……
狗	愚蠢至极！……只要人类在就够了！……我们应该听从和践行他们想要的一切！……这就是唯一的真理……我只认他们！……人类万岁！……我愿为了人类出生入死！……人类就是神！
面包	我完全赞同狗的观点……
猫	（对着狗）那你需要给出你的理由……
狗	没有理由！……我爱人类，这理由足够了！……如果你们要做什么对人类不利的事，我会先咬断你们的脖子，然后再全部告诉他们……
糖	（温和地介入）拜托……咱们别火上浇油了……从某种角度来说，你们都有道

	理……凡事都有利弊……
面包	我完全赞同糖的观点！
猫	我们在座各位，无论是水和火，还是面包和狗，难道不都是无名暴政的受害者吗？……你们还记得人类暴君出现之前的光景吗？我们无拘无束地在大地上游荡……水和火是世界仅有的主宰，但你们看看，如今他们变成什么模样了！……而我们自己呢，这些雄伟猛兽的瘦弱后代啊……嘘！小心！……假装什么都没发生过……我看见仙女和光出来了……光和人类是一伙儿的，她是我们的头号敌人……她们过来了……
	（仙女和光从右入，蒂蒂尔和米蒂尔紧随其后。）
仙女	哎……怎么回事？……你们在角落里做什么？……看起来在密谋什么……是时候启程了……我刚才决定让光担任你们的首领……你们要像听我的话一样听她

|||的话，我会将魔杖赐予她……孩子们今晚要去拜访他们过世的祖父母……为了给予他们空间，你们就别跟着了……他们今晚会在冥界的家里度过……在这期间，你们都去准备明日旅程所需之物，那会是一段漫长的路程……好了，起立，出发，各就各位吧！

猫 （虚伪）仙女殿下，这就是我刚才嘱咐他们的话……我督促他们尽责奋勇地完成各自的使命，可惜，狗一直在打断我……

狗 她在说什么呢！……先别走！

（他意欲跳到猫身上，但蒂蒂尔预料到他的举动，用一个具有威胁意味的姿势阻止了他。）

蒂蒂尔 蹲下，蒂洛！……你给我注意点，假如你胆敢再做一次……

狗 我的小主人，你有所不知，是她……

蒂蒂尔 （威胁）住嘴！

仙　女	好了，结束这场闹剧吧……面包，今晚你将笼子交还给蒂蒂尔……青鸟可能会躲在往昔之川的祖父母家里……无论如何，这都是一个不可错失的机会……哎，面包，鸟笼呢？
面　包	（一本正经）请稍等，仙女殿下……（如同将要发言的演讲者）你们所有人，都是这一幕的见证者，这个银鸟笼可是我从……
仙　女	（打断他）够了！别再废话！我们一会儿从那里出去，孩子们则从这里出去……
蒂蒂尔	（略显担忧）我们俩自己去吗？
米蒂尔	我饿了！
蒂蒂尔	我也是！
仙　女	（对面包）把你的土耳其袍子解开，从你鲜美的大肚子上切一块给他们。

　　（面包解开他的衣袍，提起弯刀，从他圆滚滚的肚子上切下两片递给孩

	子们。）
糖	（走近孩子们）与此同时，请允许我为你们献上几颗麦芽糖……
	（他将自己左手的手指一根接一根地掰下来，呈给他们。）
米蒂尔	他在做什么？他把手指全给掰断了……
糖	（殷勤）快尝尝，很美味的……这可是原汁原味的麦芽糖呢……
米蒂尔	（舔起其中一根手指）上帝呀，它可真好吃！……你带了很多吗？
糖	（谦虚）是的，要多少有多少……
米蒂尔	你这样把它们掰下来会疼吗？
糖	一点儿也不疼……这反而对我有好处，它们立刻会重新长出来，这样的话，我就永远都有干净崭新的手指了……
仙 女	好了，孩子们，别吃太多糖。别忘了你们一会儿就要在祖父母家里吃晚餐了……
蒂蒂尔	他们在这儿吗？

仙　女	你们马上就要去拜访他们……
蒂蒂尔	他们都去世了,我们要怎么拜访呢?
仙　女	既然他们一直活在你们的回忆里,又怎么会真的死去呢?……人类不知道这个秘密,因为他们实在是一无所知。不过你呢,在钻石的魔力下,将会看到我们所铭记的那些逝者,一如从未死去那样幸福……
蒂蒂尔	光会陪我们一起去吗?
光	不,这是你们家人之间的团聚,我去并不合适……我会在近处等待,以免显得失礼……他们并未邀请我。
蒂蒂尔	我们应该从哪里去呢?
仙　女	从这里……你们正站在回忆之国的入口处呢。只要你转动钻石,就会看到一棵贴着告示的参天大树,它会告诉你,你已经抵达了……不过你们别忘了一定要在晚上八点三刻前回来……这非常重要……一定要准时,因为一旦你们迟

到，一切就都完了……回头见……（招呼猫、狗、光等）我们从这里走……孩子们从那里去……

（她与光、动物们等从右侧下，孩子们从左侧下。）

（幕落。）

第三场　回忆之国

浓雾弥漫，贴着告示的大橡树在舞台最前方右侧若隐若现。乳白色的光线有些浑浊，绵延四溢，好似无法穿透。

蒂蒂尔和米蒂尔出现在橡树下。

蒂蒂尔	这就是那棵树了！
米蒂尔	上面贴着告示呢！
蒂蒂尔	我看不清上面的内容……等等，让我爬到树根上……可以了……上面写着："回忆之国"。

米蒂尔	从这里开始就是了吗？
蒂蒂尔	是的，这里有个箭头……
米蒂尔	好吧，爷爷奶奶在哪儿呢？
蒂蒂尔	在浓雾后面……我们去看看……
米蒂尔	我什么也看不清！……我连我的手和脚都看不见了……（哭闹起来）我好冷！……我不想旅行了……我想回家……
蒂蒂尔	好了，不要跟水似的哭个不停……你不害臊吗？已经是个大姑娘了！……瞧，雾气已经散开了……我们去看看里面有什么……

　　（浓雾果真开始移动，它变得愈发稀薄，四周亮堂起来，直至最后烟雾彻底消散。片刻之后，周围变得越来越透明。在碧绿的天幕下，赫然伫立着一座绿植攀缘的宜人农屋。门窗皆敞开着。屋檐下有个蜂巢，窗台上放着几个花盆，还有一个笼子，里面卧着一只鸟

鸫[1]，等等。在门前的一张长椅上，老农夫妇正酣睡着，他们就是蒂蒂尔的祖父母。）

蒂蒂尔 （忽然认出了他们）是爷爷奶奶！

米蒂尔 （拍着手）是的！是的！是他们！……是他们！

蒂蒂尔 （仍有些犹疑）小心！……我们还没法确定他们会不会动……先躲到树后面……

（蒂尔奶奶睁开眼，抬起头来，伸个懒腰，微微呼出一口气，看了眼同样正在慢慢苏醒的蒂尔爷爷。）

蒂尔奶奶 我有种感觉，咱俩那尚在人世的小孙儿今天会来看望咱们……

蒂尔爷爷 他们当然惦记咱们啦。我现在恢复感知了，感觉我的腿好麻……

蒂尔奶奶 我想他们马上就要到了，因为我眼前已

---

[1] 乌鸫，鸟类，通常全身皆为黑色或褐色，但喙是黄色的。

	经浮起喜悦的泪水了……
蒂尔爷爷	不,不,他们还远着呢……我现在还是感觉很虚弱……
蒂尔奶奶	我跟你说他们已经到了,我的力气可是完全恢复了……
蒂蒂尔和米蒂尔	(忙不迭从橡树后跑出来)我们在这儿!……我们在这儿呢!……爷爷,奶奶!……是我们!……我们来了!……
蒂尔爷爷	瞧瞧!……你看!……我刚才说什么来着!我就说他们今天会来……
蒂尔奶奶	蒂蒂尔!米蒂尔!……你来了!她也来了!……是他们来了!……(竭力想跑向他们)我跑不动!……我的风湿病一直没好!
蒂尔爷爷	(同样跑得一瘸一拐)我也不行……自打我从大橡树上摔下来把腿摔坏后,就一直靠着这根不顶用的木腿……
	(祖父母和孩子们疯狂地相拥着。)
蒂尔奶奶	蒂蒂尔,看看你长得多高、多壮呀!

蒂尔爷爷	（爱抚米蒂尔的头发）噢，米蒂尔！……快让我瞧瞧！……这美丽的头发，这可爱的眼睛！……还有，她身上闻着可真香！
蒂尔奶奶	再让我亲亲！……都到奶奶膝上来……
蒂尔爷爷	那我呢？没人来亲亲我吗？……
蒂尔奶奶	没人想亲你……先到奶奶怀里来……爸爸妈妈都还好吗？
蒂蒂尔	他们都很好，奶奶……我们出门时，他们还睡着呢……
蒂尔奶奶	（仔细凝视着他们，抚摸到他们快受不了）上帝，他们可真俊俏，脸蛋也干净！……是妈妈给你们清洗的吗？……袜子上也没有破洞！……以前都是我帮你补袜子的。为什么你们不多来看看我们呢？……那样我们该多高兴呀！你们成年累月把我们老两口抛诸脑后，这么久我们都见不到任何人……
蒂蒂尔	奶奶，我们之前来不了。今天还是多亏

	了仙女才得以见你……
蒂尔奶奶	我们一直在这儿，等着生者的短暂探望……你们来的次数屈指可数！……上次你们来还是什么时候来着？……是万圣节教堂大钟敲响之时……
蒂蒂尔	万圣节？……可是那天我们没能出门呀，我们俩都得了重感冒……
蒂尔奶奶	是，但你们想念我们了……
蒂蒂尔	是的……
蒂尔奶奶	每当你们想念我们，我们就会醒来与你们相见……
蒂蒂尔	怎么会，只要……
蒂尔奶奶	看，你知道得很清楚……
蒂蒂尔	不，我并不知道……
蒂尔奶奶	（对蒂尔爷爷）人间真是令人吃惊……他们还不知道这件事……他们难道不求长进吗？
蒂尔爷爷	在我们还在世的年代就是如此了……生者在谈论别人时总是愚蠢至极……

蒂蒂尔	你们一直都在睡梦中吗？
蒂尔爷爷	是的，我们大部分时间都在睡觉，等待着生者的一缕思念将我们唤醒……啊！当生命完结之后，睡觉的确令人舒适……不过偶尔醒来一下也叫人欢喜……
蒂蒂尔	那么，你们并没有真正死去对吗？
蒂尔爷爷	（吓了一跳）你说什么？……他在说什么呢？……他用了一些我们听不懂的词……这是一个新词还是一个新发明？
蒂蒂尔	是说"死"这个词吗？……
蒂尔爷爷	是的，就是这个词……它是什么意思？
蒂蒂尔	意思是不再活着了……
蒂尔爷爷	世人可真愚蠢！
蒂蒂尔	在这里生活还好吗？
蒂尔爷爷	当然，还算不错，虽然我们依然在祈祷……
蒂蒂尔	爸爸让我不要再祈祷了……
蒂尔爷爷	要的，要的……祈祷就是思念……

蒂尔奶奶	是的,是的,只要你们多来看看我们,就比什么都好了……你还记得吗,蒂蒂尔?上回我做了一个漂亮的苹果派,你撑得肚子疼呢……
蒂蒂尔	我从去年开始就没吃过苹果派了……今年家里没有苹果……
蒂尔奶奶	别说傻话……这里一直都有……
蒂蒂尔	那不是一回事儿……
蒂尔奶奶	怎么会?怎么不是一回事儿?……我们都能相拥亲吻,那么这里的一切和人间就是一回事儿……
蒂蒂尔	(依次望向爷爷和奶奶)爷爷,你的容貌一点儿也没有变,一点点都没有……奶奶也完全没有变……你们甚至更好看了……
蒂尔爷爷	哎!说得没错……我们不会再变老了……但是你们一直长大!……啊!是呀,你们确实长高不少!……站到这儿,到门前来,还能看见你上次身高的标记呢……

	那会儿还是万圣节……瞧瞧，站直了……（蒂蒂尔抵着门挺直）长高了四指！……这可是一大截呀！……（米蒂尔也抵在门边站直）米蒂尔呢，长高了四指半！……哈哈！小混蛋们！……一个劲儿长，一个劲儿长！
蒂蒂尔	（欣喜若狂地望着周遭）这里什么都没有变，一切都在他们的老位置上！……但是一切都变得更美了！……快看，那口时钟大指针的尖儿还是被我折断的呢……
蒂尔爷爷	这个汤碗也是被你磕了角的……
蒂蒂尔	这个是我发现手摇钻那天在门上钻的洞……
蒂尔爷爷	是呀，你可没少搞破坏！……这棵李树，我不在时，你总要爬上去玩……一直结出漂亮的红李子呢……
蒂蒂尔	它们比之前更好看了！
米蒂尔	这是那只老乌鸦！……它还会唱歌吗？

(乌鸦醒了,开始声嘶力竭地歌唱。)

蒂尔奶奶	你瞧好了……只要人们想起它……
蒂蒂尔	(惊讶地发现乌鸦的颜色是纯青色)它是青色的!……我要带回去给仙女的青鸟就是它!……你们怎么没说它在这儿呀!噢!它是这么这么这么青,就像一颗青色的玻璃弹珠!……(祈求)爷爷,奶奶,你们可以把它给我吗?
蒂尔爷爷	好呀,也许可以……你觉得呢,蒂尔奶奶?
蒂尔奶奶	当然可以,当然可以……它在这里也无用武之地……它只会睡觉……我们从没听过它歌唱……
蒂蒂尔	我要把它放进我的笼子里……哎,我的笼子在哪呢?……啊!对了,我把它忘在大树后边了……(跑向树后,取回鸟笼并把乌鸦关进去)说好了,你们真的把它给我?……仙女要高兴坏了!……

	光也是！
蒂尔爷爷	你知道吗，我可不敢给这只鸟打包票……我担心它无法适应人间紧张的生活，一言不合就会想回到这里……总之，你们看着办吧……先把笼子放下，过来看看这头母牛……
蒂蒂尔	（发现蜂巢）请跟我说说，那些蜜蜂还好吗？
蒂尔爷爷	它们过得不错……用你们那里的话说，它们也不再活着了，不过它们依然在辛勤劳作……
蒂蒂尔	（靠近蜂巢）真是这样！……我能闻到蜂蜜的味道！……蜂巢变得很重吧！……这里的花儿都好美……我死去的妹妹们，她们也在这里吗？
米蒂尔	我们埋葬的三个小弟弟，他们在哪儿呢？

（话音未落，七个身量各异的小朋友悄悄地从屋内鱼贯而出。）

蒂尔奶奶	他们来了,他们来了!……只要人们一念起他们,一提及他们,这些小淘气就来啦!
	(蒂蒂尔和米蒂尔迎着孩子们跑去。他们互相推搡着,拥抱着,舞蹈着,旋转着,发出喜悦的大叫。)
蒂蒂尔	嘿,皮埃罗!……(针锋相对似的)哈!咱们像以前那样再打一架……噢,罗贝尔!……你好呀,让!……你的陀螺弄丢了吗?……马德莱娜、皮埃雷特、波利娜,还有丽格特……
米蒂尔	噢!丽格特,丽格特!……她走路还是靠爬的!
蒂尔奶奶	是的,她不会再长大了……
蒂蒂尔	(注意到在他们身边尖叫的小狗)这是琪琪,我曾经用波利娜的剪刀把它的尾巴剪掉了……它也没有变……
蒂尔爷爷	(教训的口吻)是的,这里一切都不会变……

蒂蒂尔	波利娜鼻子上的痘痘依然没有消!
蒂尔奶奶	是的,它不会消失,我们无计可施……
蒂蒂尔	噢!他们气色真好,不仅圆润还富有光泽!……脸颊粉嫩嫩的!……看起来吃得不错……
蒂尔奶奶	他们生命结束之后,身体状况好转了不少……再也不用担惊受怕了,这里既没有病痛侵扰,也没有烦心事萦绕……

(屋内的钟响了八声。)

蒂尔奶奶	(惊讶)这是什么?
蒂尔爷爷	老实讲,我也不知道……应该是钟的声音……
蒂尔奶奶	不可能呀……它从来不响的……
蒂尔爷爷	那是因为我们再也不用考虑时间了……刚刚有人想到时间了吗?
蒂蒂尔	是的,我想了……现在几点了?
蒂尔爷爷	说实话,我已经不知道时间了……我没有这习惯了……它敲了八下,这意味着什么呢?用你们人间的话说,应该是

		八点钟了。
蒂蒂尔		光八点三刻等我们回去……这是仙女吩咐的……万分重要……我们得告辞了……
蒂尔奶奶		你们不能在晚餐时间这样离我们而去！……快，快，把桌子摆到门前……我做了一锅鲜美的白菜汤和一个漂亮的李子派……

（他们将桌子搬出来，摆在门前，又端来菜肴和碗碟之类……所有人都上前帮忙。）

|||
---|---|---
蒂蒂尔 | |老实说，青鸟已经在我手里了……而且白菜汤，我可是好久没有喝过了……我们启程之后，旅馆里可吃不到这些……
蒂尔奶奶 | |是呀！……都准备就绪了……来吃吧，孩子们……既然你们急着走，就别浪费时间了……

（他们点上灯，分舀了汤羹。祖父母和孩子们围坐在餐桌边，席间他们推搡玩闹，充斥着尖叫声和喜悦的大笑。）

蒂蒂尔	（大快朵颐）真美味！……我的上帝啊，真是太美味了！……我还想要！还想要！
	（他挥舞着木勺，大声敲击着餐碟。）
蒂尔爷爷	好了，好了，安静点儿……你总是这么缺乏教养，你会把碟子敲碎的……
蒂蒂尔	（从板凳上半直起身）我还要，我还要！
	（他够到了汤碗，把它拉向自己。在这途中整碗汤都不慎被打翻了，汤汁洒到了桌子上，以及孩子们的膝盖上，被烫到的尖叫声和惊呼声瞬间响彻云霄。）
蒂尔奶奶	你看看！……我都和你说了……
蒂尔爷爷	（给了蒂蒂尔一记响亮的耳光）好了，给你！
蒂蒂尔	（一瞬间愣了神，随即用手抚着脸颊，欣喜若狂）啊！是呀，你还在世时就是这么打我的……爷爷，你打得好，让我浑身畅快！……让我亲亲你！

蒂尔爷爷	好了,好了,如果你喜欢,还多的是……
	(时钟宣告八点半的到来。)
蒂蒂尔	(惊跳起来)八点半了!……(扔掉勺子)米蒂尔,我们没有太多时间了!……
蒂尔奶奶	瞧瞧!……再待几分钟吧!……又不是家里着火了……我们见面的机会这么少……
蒂蒂尔	不,不行……光这么好……我答应过她的……走吧,米蒂尔,我们走!
蒂尔爷爷	上帝啊,生者的忙碌和着急可真令人讨厌!
蒂蒂尔	(拿起鸟笼,匆忙而慌乱地亲吻了大家)再见,爷爷……再见,奶奶……再见,弟弟妹妹们,皮埃罗、罗贝尔、波利娜、马德莱娜、丽格特,还有你,琪琪!我们不能再逗留了……别哭,奶奶,我们会时常回来的……
蒂尔奶奶	每天都要来!

蒂蒂尔	好的,好的!我们尽可能常来……
蒂尔奶奶	这是我们唯一高兴的事,当你想起我们的时候,我们开心得仿佛在过节!
蒂尔爷爷	我们没有别的消遣……
蒂蒂尔	快,快点!……我的笼子!我的鸟儿!
蒂尔爷爷	(递给他鸟笼)它们在这儿!……你要知道,我可没有打包票,万一它的颜色不够青呢!
蒂蒂尔	再见!再见!
蒂尔弟弟妹妹们	再见,蒂蒂尔!……再见,米蒂尔!……记得给我们带麦芽糖!……再见了!……以后再来呀!……再来!

(随着蒂蒂尔和米蒂尔的身影慢慢远去,众人都紧攥着手帕痛哭不已。然而在说最后几句对白的当儿,剧初的雾气又渐渐形成,人们的声音慢慢变弱,直到剧末幕布落下时,一切都消失在浓雾中,只有大橡树下立着的蒂蒂尔和米蒂尔尚且可见。)

蒂蒂尔	从这边走,米蒂尔……
米蒂尔	光在哪儿?
蒂蒂尔	我不知道……(看到笼中的鸟)瞧呀!鸟的颜色不是青的了!……它变成了一只黑鸟!
米蒂尔	给我你的手,哥哥……我好害怕,也好冷……

(幕落。)

第三幕

第四场　夜　宫

场景内是一座宏伟非凡的宫殿，气氛阴森冰冷，庄严肃穆，当中的梁柱、拱廊、墙板和装饰都是由黑色大理石、金子和乌木构成的，让人想起希腊或埃及的神庙。大厅呈梯形状。一座宽度几乎绵延至大厅两端的玄武岩石阶将整个空间划分为三个连续的平面，它们向后渐次升起。左右两侧的柱子之间是一扇扇暗色铜门，最深处更是矗立着一扇令人叹为观止的青铜巨门。一种似乎从大理石与乌木自身携带光泽中散发出来的微光，独自照亮了这座宫殿。

幕启，以美人形态现身的夜，身着一袭暗黑长裙坐在第二层阶梯上，左右各有一个孩子。其中一个像小爱神般半裸着身体，睡颜上绽放着恬静的微笑；另一个则站得笔直，全身覆着黑纱，纹丝不动。

猫从前景右侧入场。

夜	是谁来了？
猫	（疲惫不堪地倒在大理石阶上）是我，夜娘娘……可把我累坏了……
夜	我的孩子，你这是怎么了？……看你脸色发白，身形消瘦，连胡须上都沾着泥点子……你是在下雪天的檐槽里和谁打架了吗？
猫	不关檐槽的事！……是关乎我们的秘密！……我们快要穷途末路了！……尽管我设法溜出片刻来给您报信，但我觉得已经无计可施了……
夜	什么？……发生什么事了？
猫	我之前和您说过，那个樵夫的儿子小蒂蒂尔还有那颗魔钻的事……总之，他就要来和您讨要青鸟了……
夜	他还没抓到青鸟呀……

猫　　　如果咱们再不想想办法，他马上就要拿到了……让我来告诉您事实。是光引领他来的，她背叛了我们，因为她现在完全站在人类那边。她刚刚得知，诸多汲取月光生存的梦幻青鸟一旦暴露在日光之下就会死去，而那只唯一能在阳光下存活的真正的青鸟就藏在这儿……她知道自己无法跨过夜宫的门槛，就派这些孩子来了，因为您无法阻止人类打开您的秘密之门。我不知道这一切会如何收场……总之，倘若不幸让他们得到真正的青鸟，我们可就只有死路一条了……

夜　　　上帝呀，上帝呀！……如今这是什么世道！让我片刻不得安宁……这几年我再也无法理解人类了……他们究竟意欲何为？……难不成要什么都知道才算完吗？……他们已经发现我三分之一的秘密了。我麾下的恐惧之灵都因为害怕，不敢再出去了，幽灵们四处逃窜，多数

	疾病之灵也都身体抱恙了……
猫	我明白，夜娘娘，如今时运不济，我们是仅有的能与人类对抗的力量了……我听见他们靠近的声音了……我觉得眼下只有一个法子：他们毕竟还是孩子，只要吓唬吓唬他们，让他们不敢坚持下去，不敢去打开那扇藏着月亮之鸟的大门……洞里的其他秘密足以让他们转移注意力，或是把他们吓跑了……
夜	（伸长耳朵听外边的声响）我听见了什么？……他们结伴来的？
猫	不必忧虑，是我们的朋友，面包和糖。水身体欠佳，火因为是光的近亲也不能来……他们队伍里只有狗和我们不是一伙的，但没办法把他支走……

（蒂蒂尔、米蒂尔、面包、糖和狗从前景右侧畏畏缩缩地进场。）

猫	（冲到蒂蒂尔面前）往这来，往这来，小主人……我已经通知夜了，她很高兴

	能接待你们……请原谅她,她身体不太舒服,这才没能前来迎接你们……
蒂蒂尔	日安,夜夫人……
夜	(被触怒)日安?我可从没听说过这个……你大可以和我说"晚安",或者至少是"晚上好"……
蒂蒂尔	(难堪)抱歉,夫人……我不知道您的规矩……(指着两个孩子)这是您的孩子吗?……他们真乖巧……
夜	是的,这是睡眠……
蒂蒂尔	他怎么胖嘟嘟的?
夜	因为他睡得好……
蒂蒂尔	那另一个躲起来的呢?她为什么把自己的身体遮起来?她生病了吗?……她叫什么名字呢?
夜	这是睡眠的姐姐……最好别叫她的名字……
蒂蒂尔	这是为什么呢?……
夜	因为你们不会想听到她的名字……说点

	别的事吧……猫刚刚告诉我，你们是来这里找青鸟的？
蒂蒂尔	是的，夫人，请您准许……您能告诉我它在哪儿吗？
夜	我的小朋友，我什么也不知道……我唯一能确定的，就是它并不在这里……我从来没见过它……
蒂蒂尔	在的，在的……光和我说它在这里，光从不瞎说的……您可以把钥匙给我吗？
夜	我的小朋友，你要知道，我是不会把钥匙随便交给别人的……我掌管着自然之神的所有秘密，我需要对此负责。我绝对不能把其中任何一个释放出来，尤其是在一个孩子面前……
蒂蒂尔	您无权拒绝提出这一要求的人类……这我是知道的……
夜	谁告诉你的？
蒂蒂尔	是光……
夜	又是光！总是光！……她到底想干什么？

狗	你想让我用蛮力把钥匙搞到手吗,我的小主人?
蒂蒂尔	住口,安静些,表现得礼貌点……(对着夜)好了,夫人,请给我钥匙……
夜	你至少得有个信物吧?……信物在哪儿?
蒂蒂尔	(摸着他的帽子)您看这个钻石……
夜	(只得妥协)好吧……这是能打开殿内所有大门的钥匙……要是招致不幸,那你就自认倒霉吧……我是不会搭理的。
面包	(极度不安)这会很危险吗?
夜	危险?……这么说吧,假如开启其中几扇朝向深渊的青铜门,连我也不知道要如何抽身……在这座大殿四周每个玄武石岩洞里,都藏着鸿蒙开辟以来所有痛苦、祸患、疾病、忧虑、灾难,以及折磨生灵的秘密……当时我可是在命运之神的帮助下才勉强将它们关押在此。我可以向你们保证,要让这些不听话的家

	伙讲规矩，那可不容易……要是它们其中一个逃出来回到这世上，你们都知道会发生什么吧……
面　包	鉴于我的高龄、阅历，以及忠心，理所当然我是这两位孩子的守护者。因此，夜夫人，请允许我向您提一个问题……
夜	问吧……
面　包	假如发生危险，我们该从哪里逃跑呢……
夜	无处可逃。
蒂蒂尔	（拿着钥匙，迈上了几级台阶）从这里开始吧……这扇门后面会有什么呢？
夜	我想是那些幽灵……有好些日子我没有打开这扇门让他们出来了……
蒂蒂尔	（将钥匙插进锁眼里）我倒要看看……（对着面包）您带着关青鸟的笼子吗？
面　包	（牙齿打战）不是我害怕，只是您不觉得不开门，先从锁孔里看一下比较好吗？

蒂蒂尔	我没有问您的意见……
米蒂尔	（突然哭起来）我害怕！……糖在哪儿？……我想回家！
糖	（赶忙出现，殷勤道）小姐，我在这呢……您别哭，我这就掰下一根手指，为您献上一颗麦芽糖……
蒂蒂尔	别闹了……

（他转动钥匙，谨慎地将大门微启，五六只长相奇特、形象各异的幽灵瞬间从中逃出，流窜到殿内各个角落。面包吓得将笼子一扔，就要藏到大殿深处去。）

| 夜 | （边捉幽灵，边对蒂蒂尔喊道）快，快！把门关上！……他们会全跑出来的，到时候我们就再也无法抓住他们了！……自从人类不再把他们当回事，他们在里头可无聊了……（她追赶幽灵，并用一个蛇形鞭子将他们拖向监狱之门）快帮帮我！……到这儿来！到这 |

儿来!

蒂蒂尔	(对着狗)蒂洛,快去帮帮她!
狗	(吠叫着蹦起)遵命!遵命!遵命!
蒂蒂尔	面包呢,他在哪里?
面 包	(在大殿尽头)我在这儿……我在门边守着,以防它们逃出去……

(一只幽灵往他那边飞去,他四脚并用地逃走,吓得大叫。)

夜	(揪住三只幽灵的衣领,对着他们)你们几个,给我过来……(对着蒂蒂尔)把门打开一点儿……(将幽灵们推进岩洞)可算是好了……(狗带回两只幽灵)还有这几只……好了,快进去……搞清楚,你们只有万圣节才可以出来。

(她关上门。)

蒂蒂尔	(前往另一扇门)这扇门后面会有什么呢?
夜	有必要吗?……我已经说过了,青鸟从来没有来过这里……总之,随你的便

	吧……你要是乐意就打开吧……这里关着的是疾病……
蒂蒂尔	（将钥匙放进锁眼里）开门的时候需要当心吗？
夜	用不着……她们都很安静，这些小可怜……她们可不怎么开心……近些时日，人类对疾病那样开战……尤其是你们发现微生物以来……打开吧，你自己看……
	（蒂蒂尔将门敞开。什么也没出现。）
蒂蒂尔	她们不出来吗？
夜	我告诉过你了，她们几乎全都身陷痛苦，大受打击……医生对她们可不友善……你自己进去看吧……
	（蒂蒂尔进到岩洞中，很快就退出来了。）
蒂蒂尔	青鸟不在里面……您的疾病之灵都病恹恹的……她们连头都抬不起来……（一只脚趿拖鞋、身穿睡裙、头戴棉帽的小

疾病灵从岩洞中逃了出来，开始在大殿内四处游荡）看哪！……一只小疾病灵跑出来了！……怎么办？

夜　　没什么，这是最小的那只，她叫伤风……这是她们当中受虐待最少、身体状态最好的那个……（呼唤伤风）到这来，小家伙……现在还太早了，等到春天你才能出来……

　　　　（伤风打着喷嚏，咳嗽，擤着鼻涕，回到岩洞中。蒂蒂尔把门阖上。）

蒂蒂尔　（走到旁边那扇门）让我们看看这扇门吧……里面会有什么？

夜　　小心点……这里面关着战争……她们如今前所未有地暴戾和强大……假如她们其中一个逃出来，谁知道会发生什么！……好在她们都十分肥胖，不怎么灵敏……你可以往洞穴里迅速看一眼，不过在这期间，我们得做好准备一起用力把门堵上……

蒂蒂尔	（万分谨慎地将门微启，只打开一个够他窥上一眼的微小缝隙，随即便用力抵住门大叫）快关上！快关上！……用力推！她们看到我了！……全都往这边拥来了！……她们要把门顶开了！
夜	所有人，一起来！……使劲推！……喂，面包，您在干什么？……大家都来推！……她们力大无穷！……啊！好了！总算关上了！……她们后退了……我们时机刚刚好！……你看到了吗？
蒂蒂尔	看到了，看到了！……她们都巨大无比，长相吓人！……她们应该没有青鸟……
夜	她们当然没有……即便有，她们也会马上把青鸟吃了……好了，你看够了吗？……你瞧，这里没什么看头了……
蒂蒂尔	可是我得把全部的门都看一遍……光是这么嘱咐我的……
夜	光嘱咐你了……自己害怕地躲在家里，只会动动嘴皮子，这可最容易了……

蒂蒂尔	我们看下一扇门吧……这是什么呢？
夜	这里面关着黑暗和恐惧……
蒂蒂尔	我可以打开吗？
夜	当然了……她们都很恬静，像疾病似的……
蒂蒂尔	（警惕地将门微启，偷偷往洞穴里瞥一眼）她们不在里边……
夜	（也往洞穴里看了一眼）嘿，黑暗们，你们在干什么呢？……出来一下，活动活动身体，对你们有好处。还有恐惧们也出来……没什么可害怕的……（几只黑暗和恐惧以覆着轻纱的女人形态现身了，前者身上戴的是黑纱，后者的纱则是暗绿色的。她们可怜兮兮地往洞穴外迈了几步，看见蒂蒂尔做了个手势，便瞬间躲了回去）哎，别怕……他只是个孩子，不会伤害你们的……（对蒂蒂尔说）她们现在腼腆极了，除了那几个高大的，你瞧，就是在最里面那几个……

蒂蒂尔	（看向洞穴底部）噢！她们长得好吓人呀！
夜	她们被锁链绑着呢……她们是唯一不怕人的……把门关上吧，当心她们生气了……
蒂蒂尔	（前往下一扇门）看！这扇门比别的都要阴暗！……会是什么呢？
夜	这里面有好几个秘密……如果你执意要看就打开吧……但是千万别进去……还要格外小心，我们要像刚才面对战争时那样，随时做好准备把门推上……
蒂蒂尔	（带着前所未有的谨慎将门微启，害怕地从门缝中探进去头）噢！好冷！我的眼睛都被冻疼了！……快关上！……用力推呀！关上它！……（夜、狗、猫和糖将门关上）噢！我看见了！
夜	看见什么了？
蒂蒂尔	（心中一团乱麻）我不知道是什么，但非常可怕！他们都坐着，如同没有眼睛的怪物！那个想把我抓住的巨人是

	什么？
夜	大概是沉默，他看守着这扇门……真的很可怕吗？……你看上去脸色发白，全身都在发抖……
蒂蒂尔	可怕极了，超乎我的想象……我从未见过这样的景象……我的手都冻僵了……
夜	你要是继续的话，只会更糟……
蒂蒂尔	（走到下一道门）这扇门呢？这里面也同样可怕吗？
夜	不，这里面什么都有……我在这里放了一些用不着的星星，几缕私人珍藏的清香，几道归我所有的微光，例如鬼火、萤火虫，我还在里面塞了一些诸如玫瑰微露、夜莺之歌一类的东西……
蒂蒂尔	正是这些，星星、夜莺之歌……那应该就是这扇门没错了。
夜	你乐意的话就打开吧，毕竟都不是什么坏家伙……

（蒂蒂尔将门敞开。星星们即刻化

作披着五光十色轻纱的美丽少女，从囚室内逃脱出来，于大厅内四处流转，在阶梯上、罗柱旁形成一道道散发着微光的圆环。夜的清香则影影绰绰，几不可见，与鬼火、萤火虫和透明微露一齐加入星星的队伍，而夜莺之歌从洞穴中鱼贯而出，将夜宫淹没。）

米蒂尔	（喜悦地拍着手）噢！美丽的夫人们！
蒂蒂尔	她们跳得可真好！
米蒂尔	她们闻着可真香！
蒂蒂尔	她们的歌声可真动听！
米蒂尔	那些似隐似现的人是谁呀？
夜	是我的阴影散发出的清香……
蒂蒂尔	那边几个穿着玻璃丝的又是谁呢？
夜	那是森林与平原上的微露……看够了吧……她们轻易不会停下的……一旦她们跳起了舞，要让她们回去可就难了……（拍着手）好了，星星们，快回去！……现在不是跳舞的时候……天空

阴云密布了……快，你们快回去，否则我要去叫阳光来了。

（星星、清香等纷纷惊慌逃回洞穴中，门重新关上。夜莺之歌也随之停止。）

蒂蒂尔　（走向尽头那扇门）正中还有扇大门……

夜　（严肃）别打开这扇门……

蒂蒂尔　为什么呢？

夜　这是道禁门……

蒂蒂尔　那青鸟就藏在这里面，光和我说了……

夜　（慈爱）听着，孩子……我已经仁至义尽了……迄今为止，我从来没为别人做过这些事……我向你展现了我所有的秘密……你很讨我喜欢，我念及你年幼单纯，才像母亲一样对你说话……听着，相信我，放弃吧，别再继续了，不要挑战命运之神，不要打开这扇门……

蒂蒂尔　（有些动摇）可是究竟为什么呢？

夜　因为我不希望你丧命……听好了，但凡

打开这扇门的人，哪怕只是打开一条发丝那么小的缝隙，没有一个能见到翌日的太阳……因为人们所能想象到的一切骇人之物、人们所谈论到的地球上所存在的一切可怖之物，比起这里面最无害的那个都不算什么。一个人只要将将察觉来自深渊的威胁时，他就离死亡不远了，至今人们还不敢赋予它一个名字……假如我都这样说了，你还是执意要碰这扇门，那就连我也不得不请求你，等我躲进没有窗户的塔楼后再动手……现在，就看你怎么抉择和考虑了……

（米蒂尔已经泪流满面，发出断断续续的惊恐大叫，试着拖住蒂蒂尔。）

面　包　（牙齿打战）别去呀，小主人！（跪下）可怜可怜我们吧！我跪下求您了！……您要知道夜说的是真的……

猫　您是想牺牲我们所有人的性命吗……

蒂蒂尔	我必须打开它……
米蒂尔	（呜咽着跺脚）我不要你去！……我不要！
蒂蒂尔	糖和面包，你们牵着米蒂尔的手，带她走吧……我要去开门了……
夜	能逃的快逃吧！……快走！……现在还来得及！

（语毕，夜就逃了。）

面　包	（失魂落魄地逃跑）您至少等我们跑到大殿那头再打开！
猫	（也在逃跑）等会儿再开！等会儿！

（他们躲在大殿另一头的罗马柱后。只剩下蒂蒂尔和狗留在那扇恢宏的大门前。）

狗	（一边抑制着恐惧，一边不住地喘气和打嗝）我，我留下来……我不害怕……我留下来！我留下陪您，小主人……我留下来！留下来……
蒂蒂尔	（抚摸着狗）做得不错，蒂洛！亲亲

我……现在只剩我们两个孤军作战了……我们得当心了!（他将钥匙插进锁孔。从逃兵们躲藏的罗马柱后传来一声惊恐的尖叫。钥匙才刚碰到大门，那两扇高大门板便从中打开，缓缓向两边滑动，最后隐入墙中。映入眼帘的是一座被梦境与夜色覆盖的花园，梦幻之极，无边无际，几乎没有言语能够形容它的美，超出人们的想象。而飞舞其间的是成群结队、散发着仙气的青鸟，它们翱翔在光照万物的群星之间，不停穿梭于交织错落的宝石与月光之间，呈现出的队列瞬息万变却又无比和谐，它们一直飞到天空的边际。青鸟的数量多到宛如轻柔的呼吸和蔚蓝的空气，抑或构成这座仙境花园的物质本身。蒂蒂尔眼花缭乱，欣喜若狂地沐浴在花园的光芒中）噢！美丽的天空！（转头朝向逃跑的各位）快来……青鸟在这儿！是它们！是它们！是它们！我们终于找到了！这里有无数只青鸟！有成千上万只！实在太多了！快来呀，米蒂尔！快过来，蒂洛！……你们都快过来！……帮帮我！……（向青鸟扑去）随手一抓就能抓到！……它们一点儿也不凶……甚至不怕我们！……到这来！到这来！（米蒂尔和其他诸位纷纷跑来，踏入这座迷幻花园，只有夜和猫没有来）你们看呀！……它们太多了！……它们自己飞到我的手里！……瞧，它们以月光为食！……米蒂尔，你在哪儿？……这么多飞舞的蓝色翅膀，这么多坠落的羽毛，我什么也看不清了！……蒂洛，别咬它们……不许伤害它们！……轻轻地抓！

米蒂尔 （被青鸟覆住）我抓到七只！……噢！它们的翅膀扑腾得真有劲！……我快抓不住了！

蒂蒂尔	我也是！我抓得太多了……它们飞走了！又飞回来了！蒂洛也抓了不少！它们会拉着我们……把我们拖到天上去！走，我们离开这里吧！光在等着我们呢！……她肯定高兴坏了！……从这里走，从这儿……
	（他们从花园中出来，怀中都是扑腾的青鸟，在穿过大殿途中，蓝色的翅膀在有力地扑打着。他们从登场的右侧离开，紧随其后的是面包和糖，他们手中没有鸟儿。——殿内仅剩夜和猫二人，她们登上阶梯尽头，不安地望着花园。）
夜	他们抓到青鸟了吗？
猫	没有……我看到青鸟都在月光之上……那里太高了，他们够不着的……
	（幕落。随即，光从落下的幕布前左侧登场，蒂蒂尔、米蒂尔和狗从右侧跑入，满手都是刚刚捕获的青鸟。但是

	这些鸟儿不再扑腾，耷拉着脑袋，鸟翼折断，他们手中的不过是一些没有生命的皮囊罢了。）
光	怎么样，你们抓到了吗？
蒂蒂尔	抓到了，抓到了！要多少有多少……那里有成千上万只青鸟！它们在这儿！看哪！……（看了看准备展示给光的鸟儿们，才发现它们已经死了）啊！……它们死了……我们对它们做什么了？……米蒂尔，你手里的也是吗？……蒂洛手里的也是啊（气恼地将鸟的尸体扔在地上）！不，这太坏了！……是谁杀死鸟儿的？……我太难受了！
	（他用双臂环抱着脑袋，难过得止不住抽噎。）
光	（慈爱地将他揽进怀里）别哭，孩子……你抓到的不是能在白日存活的那只青鸟……它去了别处……我们再去寻找……

狗　　　　　　（看着死去的鸟儿）那我们能把这些吃了吗？

　　　　　　　（众人从左侧退场。）

第五场　森　林

　　夜幕中的森林，月光澄澈。四周是品种各异的古树，多为橡树、山毛榉[1]、榆树、杨树、枞树、柏树、椴树、栗树等等。

　　猫入场。

猫　　　　　　（向四周的树木致意）向各位问好！
树叶们低语　　你好！
猫　　　　　　今天是个重要的日子！我们的仇敌要来释放你们的灵魂，他这是自取灭亡……我说的就是蒂蒂尔，那个导致你们如此痛苦的樵夫的儿子……他在寻找青鸟，

---

[1] 山毛榉，此处指欧洲山毛榉，又名欧洲水青冈，欧洲森林中常见树种。

那只你们从世界诞生以来对人类隐藏至今的青鸟，那只唯一知道我们秘密的青鸟……（树叶低语）您说什么？……啊！是杨树在发言……是的，他有一颗能够释出吾等灵魂的魔钻。他可以勒令我们交出青鸟，到时候，我们可就要完全听命于人类了……（树叶低语）谁在说话？……噢！是橡树……您最近还好吗？……（橡树叶低语）一直在感冒？……甘草不照料您了吗？……关节风湿一直不见好？……相信我，是苔藓的缘故，您脚上的苔藓太多了……青鸟一直在您那儿吗？……（橡树叶低语）您说什么？……是的，别犹豫了，必须利用这个机会，让这个小家伙彻底消失……（树叶低语）您再说一遍？……是的，同行的还有他的妹妹，她也非死不可……（树叶低语）对，狗会和他们一起来，没办法把他支走……（树叶低语）您说什么？……收买他？……没用……我什么法子都试了……（树叶低语）啊，是枞树您在说话吗？……是的，要准备好四块木板……对，火、糖、水和面包跟我们是一伙儿的，不过面包还有些摇摆不定……只有光是支持人类的，不过这次她不会来……我说服那两个小孩，让他们趁光睡着的时候偷偷溜出来……机不可失……（树叶低语）噢！是山毛榉的声音！……是的，您说得对，是该提前通知动物们……小兔手里还有大鼓吗？……他在您家？……很好，让他即刻敲响大鼓……他们来了！……

（随着小兔敲鼓声的远去，蒂蒂尔、米蒂尔和狗登场了。）

蒂蒂尔　是这儿吗？

猫　（装出一副虚情假意的阿谀模样，急匆匆地朝孩子们奔来）啊！您到了，我的

	小主人！……您今夜看上去气色真好，容光焕发的！……我先您一步来通知他们您的光临……一切都很顺利。我相信这次我们一定能够找到青鸟……我刚才派小兔去召集这片王国中主要的动物……已经能听见他们穿梭在树丛中的声音了……听哪！……他们都有些腼腆，不敢轻易靠近……（各种动物的声音，如母牛、猪、马、驴等。猫将蒂蒂尔拉到一旁沉声问道）您为什么把狗也带来了？……我都和您说了，他和所有动物都不交好，和树也不融洽……我担心他这么讨人厌，出现在这里只会把事情搞砸……
蒂蒂尔	我甩不开他……（威胁狗）滚开，畜生！
狗	谁？……我？……为什么？……我做什么了吗？
蒂蒂尔	我让你滚开！……很简单，你在这里毫

	无用处……只会惹人厌!
狗	我什么都不会说的……就远远跟着……他们看不见我……你想看我后腿直立行走吗?
猫	(低声对蒂蒂尔道)您竟然容忍这等忤逆吗?……不如给他鼻子来上几棍子,他着实叫人无法忍受!
蒂蒂尔	(打狗)这样你才能更快学会什么叫服从!
狗	(吠叫)哎哟!哎哟!哎哟!……
蒂蒂尔	你还有什么话想说?
狗	既然你都打了我,可得让我亲亲你!
	(他猛烈地亲吻和抚摸着蒂蒂尔。)
蒂蒂尔	喂……好了……够了……快走吧!
米蒂尔	不要,不要,我想他留下来……他不在的时候,我总是胆战心惊的……
狗	(一把跃起,急切而激动地抚摸着米蒂尔,险些将她推倒)噢!你可真是个好姑娘!……她多漂亮!多善良!……

人美心善的小姑娘！……我要好好亲吻她！再吻一次！再吻一次！再吻一次！……

猫　　　笨蛋！……说实话，我们走着瞧吧……别浪费时间了……您快转动钻石吧……

蒂蒂尔　我应该站在哪儿转？

猫　　　站在月光下，这样您能看得更清楚……就是这儿！轻轻地转……

（蒂蒂尔一转动钻石，树木的枝丫与树叶就不停地颤动起来。一棵棵年岁古老、个头沉重的树干裂开缝隙，让禁锢在里面的灵魂得以释放。这些灵魂的形态因他们所代表的树木形态和特征而各有不同。例如，榆树的灵魂是一个气喘吁吁、大腹便便、性情暴躁的侏儒；椴树的灵魂则温和沉稳，平易近人，喜气洋洋；山毛榉的灵魂优雅而灵敏；桦树的灵魂全身雪白，拘谨腼腆；柳树的灵魂身量矮小，头发凌乱，唉声叹气的；枞树的灵魂颀长纤瘦，寡言少语；柏树的灵魂一脸愁容；栗树的灵魂自命不凡，故作时髦；杨树的灵魂身姿轻盈，喋喋不休。有些灵魂脚步迟缓地走出树干，一脸懵懂地伸展着身体，仿佛受过长年幽禁或是刚从长眠之中苏醒过来，另一些灵魂则敏捷迅疾地从中一跃而出。所有灵魂都在两个孩子身边站好，而又尽可能地靠近它们的母树。）

杨　树　　（跑在最前面，声嘶力竭）是人类！……这些小人儿！……我们可以和他们说话了！……沉默总算终结了！……终结了！……他们打哪里来？……这是谁？……他们是谁？……（向气定神闲地抽着烟斗、缓步前行的椴树问）椴兄，你认识他们吗？……

椴　树　　我想不起来见过他俩……

杨　树　　不，不，瞧瞧……你认得所有人类，你总去他们住宅旁散步的……

椴　树	（端详着孩子们）我向您保证，我没见过他俩……我不认得他们……他们还太年轻了……我只认得月色下前来探望我的恋人们，以及在我枝丫下喝酒的酒鬼们……
栗　树	（冷淡地调整着他的单片眼镜）这些都是谁？……乡下来的穷光蛋吗？
杨　树	噢！栗树先生，毕竟您如今只出没在大都市的林荫道了……
柳　树	（蹚着木鞋，唉声叹气地向前）我的上帝，我的上帝！……他们准是又来砍我的脑袋和手臂拿去做柴火的！
杨　树	安静！……橡树从他的宫殿里出来了！……他今晚看起来格外痛苦……你们不觉得他苍老了不少吗？……枞树说他得有四千岁了，不过我觉得枞树有些夸大其词……注意，他要来和我们说话了……
	（橡树缓步前进。他已是老态龙

钟，头上戴着槲寄生环，身穿绿色长袍，衣边上饰有苔藓和地衣。他双目皆盲，雪白的胡须随风飞舞。一手拄着虬结拐杖，一手搭在充当向导的小橡树身上。青鸟栖息于他的肩上。随着他的靠近，排列整齐的树木列队鞠躬，以示尊敬。）

蒂蒂尔	青鸟在他那儿！……快点！快点！……到这儿来！……把它给我！
树　木	安静！
猫	（对蒂蒂尔）快脱帽致敬，这是橡树！
橡　树	（对蒂蒂尔）你是谁？
蒂蒂尔	我是蒂蒂尔，先生……我什么时候可以拿到青鸟？
橡　树	蒂蒂尔，那个樵夫的儿子？
蒂蒂尔	是的，先生……
橡　树	你父亲可让我们受了不少苦……单单我的家族里，他就杀死了我七百个儿子、四百七十五位叔叔婶婶、一千两百位

|||表亲、三百八十位儿媳和一万两千个曾孙!

蒂蒂尔　　　我对此一无所知，先生……他不是故意的……

橡　树　　　你来这里做什么？你为什么将我们的灵魂从居所中呼唤出来？

蒂蒂尔　　　先生，请原谅我打扰了你们……猫和我说，你们会告诉我青鸟的下落……

橡　树　　　我知道，你在寻找知晓万物与幸福奥秘的青鸟，好让人类更加严苛地奴役我们……

蒂蒂尔　　　不是的，先生，我是为了拯救贝丽绿娜仙女病重的小姑娘才来寻找青鸟的……

橡　树　　　（不让他说下去）够了！我没听见动物们的声音……他们去哪儿了？这不仅仅是我们树木的事，也关乎他们……不该由我们树木独自承担这些责任……有朝一日人类若是知晓我们所行之事，一定会发起更可怕的报复……所以，我们应

|||该在这件事上取得共识，免得日后起争执。

枞　树　　（俯视着树木）动物们来了……他们跟在小兔后面呢……看，那些是公牛、阉牛、母牛、山羊、公鸡、马、狼、猪、驴和熊的灵魂……

　　　　　　（动物们的灵魂陆续入场。随着枞树的列举，他们纷纷走到树木之间坐下，只剩山羊的灵魂不安分地四处游荡，猪的灵魂在翻找树根。）

橡　树　　大家都到齐了吗？

小　兔　　母鸡不放心她的蛋，野兔在跑步，鹿的角不舒服，狐狸也身体不适——喏，这是医生给他开的证明——鹅没明白发生了什么事，然后火鸡正在气头上……

橡　树　　这些动物弃权真是太可惜了……不过，我们的人数也足够了……伙计们，大家也看到了问题所在。这边这位孩子，从大地那里窃取了一件宝物，要靠这件

	宝物来抢夺我们的青鸟，还要将我们自生命诞生之初守护至今的秘密一同抢去……当然，我们都足够了解人类的禀性，也清楚人类掌握这个秘密后等待我们的是何种下场。因此，我认为此时任何犹豫都是无比的愚蠢与有罪……趁现在还来得及，我们必须让这个孩子消失……
蒂蒂尔	他在说什么？
狗	（恼怒地围着橡树绕圈，对他亮出獠牙）你看见我的尖牙了吗，老残废？……
山毛榉	（愠怒）他侮辱橡树！
橡 树	是狗吗？……把他赶出去！我们这里容不下一个叛徒！
猫	（低声对蒂蒂尔）您先把狗赶走……这是一个误会……让我来，我会把事情处理好的……不过得赶紧把他赶走……
蒂蒂尔	（对狗）快滚！
狗	让我把这个痛风老头的苔藓拖鞋给咬烂！……肯定是出好戏！

蒂蒂尔	住口！……滚！……快滚，可恶的畜生！
狗	行，行，我会走的……你需要我的时候，我再回来……
猫	（低声对蒂蒂尔）谨慎起见，还是把他拴住，就怕他干点什么傻事。假如树木生气了，一切就完了……
蒂蒂尔	这可怎么办？……我把拴狗的绳子弄丢了……
猫	常春藤不就有现成的结实绳子吗？
狗	（嗥叫着）我一定会回来的，我一定会回来的！……痛风老头！支气管炎老头！……一群老腐朽，一堆老树根！……这一切都是猫在搞鬼！……我会向她讨回来的！……你鬼鬼祟祟地在絮叨什么，你这个犹大[1]、老虎、巴

---

[1] 犹大，《新约》中耶稣最初的十二使徒之一，受贿赂背叛耶稣，后成为叛徒的代称。

	赞[1]！……汪！汪！汪！……
猫	瞧瞧，这疯狗骂了所有人……
蒂蒂尔	你说得对，他真是惹人厌，我们都没法儿好好沟通了……常春藤先生，可以请您把他绑起来吗？
常春藤	（战战兢兢地走近狗）他不会咬我吧？
狗	（嗥叫着）才不会！才不会！……他只会好好亲亲你！……你等着瞧吧！……靠近点，再近点，老根条！
蒂蒂尔	（拿棍子威胁他）蒂洛！……
狗	（摇着尾巴趴在蒂蒂尔的脚下）我的小主人，我到底该怎么办？
蒂蒂尔	你给我趴下！……听从常春藤的指令……乖乖被捆上，否则……
狗	（在常青藤捆他期间，咬牙切齿地嗥叫）臭绳子！……吊人的绳子！……牵母牛的绳子！……捆公猪的绳子！……

---

[1] 巴赞，即弗朗索瓦·阿希尔·巴赞，十九世纪法国著名将领，以在普法战争期间率领法国最后一支野战军投降普鲁士而闻名，此处隐射叛徒。

	我的小主人，您瞧啊……他扭我的爪子……他要把我勒死了！
蒂蒂尔	活该！……是你逼我的！……把嘴闭上，安静点，你实在是惹人厌烦！
狗	无论如何，是你错了……他们心怀鬼胎……小主人，你要当心点！……他要把我的嘴封上了！……我没法儿说话了！
常春藤	（把狗捆得像个包裹似的）要把他放到哪里？……我让他闭嘴了……他一个字也蹦不出来了……
橡 树	把他牢牢捆在我背后那根粗树根上……待会儿我们再想想如何处置他……（常春藤在杨树的帮助下将狗搬到橡树的树桩后）好了吗？……很好，既然解决了这个叛徒、眼线，我们就以公正和真理为基准好好商议商议……不瞒你们说，我现在既激动又痛苦……这是有史以来头一次我们有机会审判人类，让他们知

	晓我们的力量……在遭受他们的虐待和那样残酷的不公后，我想对于他即将受到的判决应该不会有异议吧……
树木和动物们	是的！没有！没有！……没有异议！……绞刑！……处死！……我们遭受太多不公和虐待！……已经太久了！……压死他！吃掉他！……即刻行刑！……即刻行刑！……
蒂蒂尔	（对猫）他们怎么了？他们不高兴吗？
猫	您别担心……他们因为春天迟迟不来而有点生气……让我来，我会把一切都处理好的……
橡　树	这个全票通过是必然的……现在要讨论的是，为了避免招致报复，采取哪种刑罚最可行，最适宜，最便捷，最稳妥，当人类在森林里发现这具小尸体时，尽可能找不到我们的痕迹……
蒂蒂尔	他们这是在讨论什么？怎么回事？我要听得不耐烦了……既然青鸟在他那里，

	那就叫他给我……
公　牛	（上前几步）最可行也最稳妥的方法，就是让我用角狠狠把他的肚子刺穿。——您要我开始冲刺吗？
橡　树	是谁提议的？
猫	是公牛。
母　牛	你最好还是安静待着吧……我可不掺和……月光底下的那片草，我都得啃光呢……我可够忙的……
阉　牛	我也是。顺便说一下，无论什么提议，我都提前投赞成票……
山毛榉	我可以献出我最高的枝丫将他们吊死……
常春藤	我可以充当套索……
枞　树	我可以给他的小棺材提供四块木板……
柏　树	我提供永久墓地……
柳　树	最简单的方法应该是让他们在我身旁的一条小河里淹死……我可以来负责这件事……
椴　树	（劝和）好了，好了……有必要这么极

		端吗？他们年纪还小呢……我们可以把他们囚禁起来，不让他们继续搞破坏。我负责搭建这个笼子，只要把旁边围起来就行了……
橡　树		谁在说话？我好像听出椴树的嗓音了……
枞　树		确实是他……
橡　树		这么说我们之中也像动物那里一样出了个叛徒？……迄今为止，我们还只是惋惜果树的背叛，不过果树说到底算不上真正的树……
猪		（写满馋意的小眼睛滴溜儿一转）我觉得应该先把这个小姑娘吃了……她的肉肯定鲜美极了……
蒂蒂尔		谁在大放厥词？……等等，臭……
猫		我不知道他们在搞什么鬼，不过感觉不太妙……
橡　树		安静！……现在要看我们当中的哪位将拥有这份荣幸来第一个出手，哪位能将自人类诞生以来就悬在我们头顶的最大

威胁消除……

枞　树　　那当然是您，我们的王，我们的族长，这份荣耀您当仁不让……

橡　树　　是枞树在说话吗？……唉！我太老了！不仅眼瞎身残，我那迟钝的双臂已不允许我做这件事……不该是我，枞树老弟，您一直青翠挺拔，见证大多树木的出生，我不行了，解救我们一族的荣耀应该由您接手……

枞　树　　感谢您，尊敬的族长……但既然我已经获得埋葬这两人的殊荣，再接此任恐怕会引起同伴们的嫉妒。我想除你我二人之外，最年长、最有资格、拳头最有力的，当属山毛榉了。

山毛榉　　你们知道的，我被虫蛀了，大锤不怎么坚固了……不过榆树和柏树的武器都很有力量……

榆　树　　我很愿意，只是我现在连站直都很勉强……昨天夜里，有只鼹鼠把我大脚趾

|||给扭了……

柏　树　　我也愿意……就像我的好兄弟枞树一样，我虽然没有埋葬他们的荣幸，但我已经有为他们哭丧的优先权了……我身兼数职怕是不太合理……还是让杨树上吧……

杨　树　　让我上吗？您这么认为？但我的枝干比小孩的肉还娇嫩呢！而且，我也不知道我怎么了……好像是发烧了，我止不住地发抖……你们瞧我的叶子……肯定是今早日出的时候着凉了……

橡　树　　（愤慨地吼道）你们都害怕人类！……即便是这么两个势单力薄、手无寸铁的小孩也能激起我们身上说不清道不明的恐惧，正是恐惧把我们变成奴隶的！……好了，也罢！够了！……既然如此，机不可失，就让我这个身患残疾、哆哆嗦嗦的老瞎子独自迎战我们的仇敌吧！……他在哪儿？

（橡树拿拐杖试探着，朝蒂蒂尔走去。）

蒂蒂尔　　　　（从口袋中掏出小刀）这个挂着大棍的老头是冲着我来的吗？

（众树木在看到小刀——这一神秘、无法防御的人类武器后，都发出惊恐的叫声，纷纷围上去劝阻橡树。）

群　树　　　　他有刀！……小心！……刀！

橡　树　　　　（挣扎着）放开我！……无论是小刀还是斧头，我都不害怕！……谁拦得住我？……怎么！你们全都在这儿拦着我？……怎么！你们都想这样吗？……（扔掉拐杖）好吧！……就让我们一族蒙羞吧！……等着动物来解救我们！

公　牛　　　　这样好！……让我来解决！……只要用我的角顶他一下就够了！

阉牛及母牛　　（拿尾巴拦住他）你掺和什么？……可别做傻事！……这不是一桩好生意！……肯定没有好下场……最后倒霉

	的是我们……别管了……这是野兽自己的事……
公　牛	不，不是！……这事和我有关！……你们等着瞧吧！……要是不拦着我的话，我就要让他好看了！
蒂蒂尔	（对厉声哭喊着的米蒂尔）别怕！躲到我身后来……我有刀……
公　鸡	这小子有几分胆识！
蒂蒂尔	好了，你们考虑清楚了，是要冲着我来吗？
驴	当然是你了，小家伙，你可花了不少时间才明白这点呀！
猪	你要祈祷的话就快点儿吧，这可是你最后的时间了。不过别把那个小姑娘藏起来……让我好好看个够……我要先把她吃了……
蒂蒂尔	我难道做了得罪你们的事情吗？
羊	你什么也没做，小家伙……不过是吃了我的一个弟弟、两个妹妹、三个叔叔，

还有我的阿姨、岳父岳母……等着，你就等着瞧吧，待会儿你倒在地上，就会知道我也是有牙齿的……

驴 我也是长了蹄子的！

马 （前蹄猛烈地踢蹬着）你们等着看好戏吧！……你们更想看我用牙把他撕碎，还是用蹄把他制服？（马趾高气扬地走向蒂蒂尔，蒂蒂尔对着他举起了刀。马十分惊恐，掉头拔腿就跑。）啊！不！……这不公平！……游戏不是这么玩的！……他胆敢自卫！

公　鸡 （难掩欣赏之情）我看倒是很公平，这小子眼底毫无恐惧之色！

猪 （对着熊和狼）大家快一起上……我在后方支援你们……把他们掀翻，等这个小姑娘摔倒在地，我们就一起分食了她……

狼 你们在这里吸引他们注意……我从另一侧偷袭……

（狼绕到蒂蒂尔后方偷袭他，差点儿将他掀翻在地。）

蒂蒂尔 偷袭的小人！……（他单膝跪地，挥舞着小刀，尽可能地护着妹妹，米蒂尔绝望地尖叫着。动物们及树木见蒂蒂尔半跪在地，伺机靠近，意欲向他发起攻击。二人瞬间被阴影笼罩。蒂蒂尔发狂般呼救起来。）救我！救我！……蒂洛！蒂洛！……猫在哪里？……蒂洛！……蒂莱特！蒂莱特！……快来！快来救我！

猫 （在一旁袖手旁观，虚情假意）我过不来……我刚刚把爪子扭伤了……

蒂蒂尔 （躲避着进攻，尽力反抗）救我！……蒂洛！蒂洛！……我要不行了！……他们人多势众！……熊！猪！狼！驴！枞树！还有山毛榉！他们都来了！……蒂洛！蒂洛！蒂洛！……

（狗拖曳着被扯断的绳子，从橡树

　　　　　　　　背后蹦出来，挤进树木与动物当中，冲到蒂蒂尔前面，发了狂似的守护着他。）

狗　　　　（一通乱咬）我来了！我来了！我的小主人！……别害怕！要挺住！……我的牙齿可是不长眼的！……当心了，熊，这口就赏在你的大屁股上！……瞧瞧，谁还想尝尝？……这口是给猪的，这口给马，公牛的尾巴上也来一口！哎呀！我把山毛榉的短裤和橡树的衬裙给撕坏了！……枞树尿遁啦！……别说，可真热呀！

蒂蒂尔　　（不堪重负）我不行了！……柏树在我头上重重打了一下！

狗　　　　哎哟！柳树的拳头！……它把我的爪子弄伤了！

蒂蒂尔　　他们又冲上来了！还是一拥而上！……这次是狼冲在前面！

狗　　　　等着瞧，看我给他点苦头尝尝！

狼　　　　笨蛋！……狗兄！……他的父母可是把

	你的孩子给淹死了呀!
狗	他们做得对!……淹得好!……还不是因为它们长得像你!
树木及动物们	叛徒!……傻瓜!……背信弃义!不忠不孝!呆头呆脑!……卑鄙小人!……离开他!他是死神!回到我们身边来吧!
狗	(沉醉在一片赤忱的忠心之中)不!不!……即便只有我一人对付你们全部!……我也不,不!……忠于最厉害的人类!忠于最伟大的人类!……(对蒂蒂尔)当心,熊过来了!……小心公牛……我要扑向他的脖子……哎哟!……我挨了一脚……驴把我的两颗牙齿打断了……
蒂蒂尔	我撑不住了,蒂洛!……哎哟!……榆树打了我一下……你看,我的手流血了……是狼或者猪干的……
狗	等等我,我的小主人……让我亲亲你。瞧,我舔舔你……这对你的伤口有好

	处……躲在我身后……他们不敢再靠近的……噢,不!……他们又来了!……啊!这一下可真重!……我们要挺住!
蒂蒂尔	(倒在地上)不行,这不可能……
狗	有人来了!……我听见声音了,闻到味道了!
蒂蒂尔	在哪里?……是谁来了?
狗	在那儿!在那儿!……是光!……她找到我们了!……我的小国王,我们得救了!……快亲亲我!……得救了!……瞧!……他们不敢轻举妄动了!……他们开始散开了!……他们害怕了!
蒂蒂尔	光!……光!……快来!……快一点儿!……他们都造反了!……他们一齐攻击我们!
	(光入场。随着她的步入,曙光渐渐升起,照亮了森林。)
光	怎么了?……发生什么事了?……可怜的孩子!你不知道吗!……快转动魔

钻！他们会回到沉寂和黑暗当中，你就看不见他们的情绪了……

（蒂蒂尔一转动魔钻，所有树木的灵魂就迅速回到树干内，动物们的灵魂也消失了，只能看见远处有一头母牛和一只绵羊安详地啃着青草……森林再次恢复宁静。蒂蒂尔惊讶地望着四周。）

蒂蒂尔 他们去哪儿了？……他们刚才怎么了？……全都发疯了吗？

光 不，他们没有发疯，而是一直如此。只是人类看不见他们，所以并不知道……我之前嘱咐过你，我不在的时候，唤醒他们是很危险的……

蒂蒂尔 （擦拭着小刀）无论如何，若是没有狗在我的身边，若是我没有这把刀，后果不堪设想……我怎么也想不到他们原来这么恶毒！

光 你现在知道了，在这个世界上，人类是所有族群的公敌……

狗	你伤得不严重吧，我的小主人？
蒂蒂尔	不严重……还好他们没有伤到米蒂尔……你呢，我亲爱的蒂洛？……你的嘴巴流血了，爪子也折伤了吧？
狗	小事一桩……明天就全好了……不过刚才那场战斗可真激烈！
猫	（一瘸一拐地从灌木丛中出来）可不是呢！……阉牛用角在我的肚子上顶了一下……虽然看不出伤痕，但把我撞得可疼了……橡树还把我的爪子弄伤了……
狗	我倒想看看是哪只爪子折了……
米蒂尔	（抚摸着猫）可怜的蒂莱特，你说的当真？……你刚才去哪儿了？……我都没有看见你……
猫	（虚情假意）好姑娘，刚才那头卑鄙的猪想要吃你，我在攻击它时受伤了……橡树一拳又把我打晕了……
狗	（咬牙切齿地对猫）你心里清楚，我有话要对你说……你给我好好等着！

猫 （哀怨地对米蒂尔）好姑娘，他羞辱我……他想伤害我……

米蒂尔 （对着狗）你可以不要骚扰她吗，畜生……

（众人离场。）

（幕落。）

第四幕

第六场　幕　前

蒂蒂尔、米蒂尔、光、狗、猫、面包、火、糖、水和牛奶入场。

光	我收到仙女贝丽绿娜捎来的消息，跟我说青鸟很可能就在这里……
蒂蒂尔	在哪儿？
光	就在这里，这道墙后的墓地里……应该是这片墓地里某个亡灵将青鸟藏起来了……还不知道是哪一个……我们得全部检查一遍……
蒂蒂尔	检查？……怎么检查呢？
光	很简单。为了不过于打扰亡灵，等到午

	夜，你转动魔钻即可。我们会看见他们从地里出来，我们就好好检查那些不出来的亡魂之墓……
蒂蒂尔	他们不会生气吧？
光	不会的，他们甚至不会生疑……他们虽然不喜欢被别人打扰，但他们一贯有午夜时分出来走走的习惯，这样不会让他们不适的……
蒂蒂尔	为什么面包、糖和牛奶看上去脸色这么苍白，而且一言不发呢？
牛　奶	（摇摇欲坠）我感觉我马上要昏过去了……
光	（低声对蒂蒂尔道）不必在意……他们害怕亡灵。
火	（蹦蹦跳跳）我可不害怕！……我习惯了焚烧他们的身体……过去他们全都被我烧过，那可比如今有趣多了……
蒂蒂尔	为什么蒂洛抖得这么厉害？……难道他也害怕不成？

狗	（牙齿打战）我？……我才没有发抖！……我从来不知道害怕是什么感觉。不过如果你要走的话，我也跟你走……
蒂蒂尔	猫怎么一言不发？
猫	（神秘兮兮）我知道这是怎么回事……
蒂蒂尔	（对着光）你和我们一起去吗？
光	不，我最好还是同事物和动物们留在墓地门口……时辰还没到……光还不能穿越冥界……你和米蒂尔只能独自前往……
蒂蒂尔	蒂洛也不留在我们身边吗？
狗	不，不，我留下，我留在这儿……我想留在我的小主人身边……
光	不行……仙女的命令不可违抗，事实上，没什么可害怕的……
狗	好吧，好吧，那算了……假如他们不友善，我的小主人，你只要像这样（他吹起口哨），你就知道我的厉害了……我会像在森林里时那样：汪！汪！汪！……

光	去吧,再会了,我亲爱的孩子们……我不会走远的……(她亲吻孩子们)爱我者及我爱者将永远都能找到我……(对着事物及动物们)你们诸位……往这儿来。
	(光携众事物及动物退场。孩子们独自留在舞台中央。幕启,揭开第七个场景。)

第七场 墓 地

夜色正浓,月光清澈。这是乡间一处墓地,有许多坟墓、长着草的小丘、木质十字架、墓碑等。

蒂蒂尔和米蒂尔站在一座墓碑旁。

米蒂尔	我害怕。
蒂蒂尔	(怯怯地)我,我可从来不怕……
米蒂尔	你说亡灵是坏人吗?
蒂蒂尔	不是,他们都不是活着的人了……

米蒂尔	你见过他们吗？
蒂蒂尔	见过一次，很久以前，在我还小的时候……
米蒂尔	是什么样的？
蒂蒂尔	全身雪白，很安静，身体很冷，而且一言不发……
米蒂尔	那我们要去见他们吗？
蒂蒂尔	当然，既然光都那么说了……
米蒂尔	这些亡灵在哪儿呢？
蒂蒂尔	就在这里，在那些草丛或是大石块下边。
米蒂尔	他们一年到头都在那里吗？
蒂蒂尔	是的。
米蒂尔	（指着石柱）这是他们的家门口吗？
蒂蒂尔	是的。
米蒂尔	天晴时，他们会出来走走吗？
蒂蒂尔	他们只能在夜里出来……
米蒂尔	为什么呢？
蒂蒂尔	因为他们都穿着睡衣……
米蒂尔	即便下雨的时候，他们也出来吗？

蒂蒂尔	下雨的话,他们就待在家里……
米蒂尔	他们的家漂亮吗?
蒂蒂尔	听说非常狭小……
米蒂尔	因为他们有很多孩子吗?
蒂蒂尔	当然,那些死去的孩子就和他们住在一起……
米蒂尔	他们靠什么过活呢?
蒂蒂尔	他们吃树根……
米蒂尔	我们一会儿能看见他们吗?
蒂蒂尔	当然了,只要我们转动魔钻,就什么都能看到。
米蒂尔	他们会说什么呢?
蒂蒂尔	他们什么也不会说,因为他们不会说话……
米蒂尔	为什么他们不会说话?
蒂蒂尔	因为他们无话可说……
米蒂尔	为什么他们无话可说?
蒂蒂尔	你好烦呀……

(一阵沉默。)

米蒂尔	你什么时候转动魔钻？
蒂蒂尔	你听到光的嘱咐了，为了尽可能不打扰他们，我们要等到午夜……
米蒂尔	为什么这样我们就不会打扰他们？
蒂蒂尔	因为这是他们出来透气的时辰。
米蒂尔	还没到午夜吗？
蒂蒂尔	你看见教堂上那面钟了吗？
米蒂尔	看见了，就连它的小指针我也能看清……
蒂蒂尔	很好！到了午夜，它会敲响的……就是现在！……午夜整点……你听见了吗？

(代表午夜的十二下钟声敲响了。)

米蒂尔	我想走了！
蒂蒂尔	还不是时候呢……我要转动魔钻了……
米蒂尔	不，不要！……别转！……我想离开！……我害怕，哥哥！……我害怕极了！
蒂蒂尔	不会有危险的……
米蒂尔	我不想看见亡灵！……我不想见他们！
蒂蒂尔	好吧，那你不要看他们，把眼睛闭上……

米蒂尔	（拽着蒂蒂尔的衣服）蒂蒂尔，我做不到！……不，这根本不可能！……他们会从地里出来的！
蒂蒂尔	别抖得这么厉害……他们只会出来一小会儿……
米蒂尔	可是你也在抖呀！……他们好吓人！
蒂蒂尔	时间到了，午夜要过了……

  （蒂蒂尔转动魔钻。好一会儿，世间被一种骇人的死寂所充斥，紧接着，十字架慢慢地颤动起来，土丘裂开一条缝，石碑升了起来。）

米蒂尔	（紧贴着蒂蒂尔缩成一团）他们出来了！……他们在那儿！

  （此时，从所有裂开的坟墓中，缓缓升起一团如水汽般稀薄而秀气的花丛，它洁白如玉，愈见葱茏，逐渐升腾，茂盛而美丽。渐渐地，它势不可当地覆盖了世间万物，将这片墓地化成一座梦幻的婚礼花园，上空绽放出晨曦第

　　　　　　　　一抹光亮。露水闪耀，花团锦簇，微风在树丛中细语，蜂群嗡嗡作响，鸟儿们纷纷苏醒，肆意歌咏着它们对阳光和生命的赞颂。蒂蒂尔和米蒂尔既惊异又着迷地望着眼前的景象，紧紧地牵着手，朝花丛迈了几步，寻找坟墓的踪迹。）

米蒂尔　　　（在花丛中寻找）亡灵在哪里呢？
蒂蒂尔　　　（同样在寻找）这里没有亡灵……
　　　　　　（幕落。）

第八场　印有美丽云彩的幕前

　　蒂蒂尔、米蒂尔、光、狗、猫、面包、火、糖、水及牛奶登场。

光　　　　　我想这次我们一定能找到青鸟。我一开始就该想到这儿的……直到今天早晨，我从曙光中重获了力量，这个念头才像

|||天空中的光线一样掠过我的脑海……我们此刻所处之地是魔幻花园的入口,这里受命运之神的庇佑,聚集着人类所有的喜悦与幸福……

蒂蒂尔 有很多喜悦和幸福吗?我们也可以拥有吗?他们都是小小的吗?

光 他们有大有小,有胖有瘦,有非常俊美的,也有其貌不扬的……不过其中最丑陋的那些,前段时间都被驱逐出去了,他们去苦难那里寻求庇护了。要知道苦难就住在隔壁,他们家和幸福花园毗邻,二者仅仅被一道如雾气般稀薄的帘子隔开,从正义之巅或永恒之渊吹来的风随时都能将它掀开……眼下,要紧的是做做计划,提防当心。一般来说,幸福都很和善,但也不排除其中个别的会比最凶恶的苦难还要危险狡诈……

面包 我有个主意!假如他们危险狡诈,我们是不是更应该守在门口,以便在孩子

|||们需要逃跑的紧急关头，向他们伸出援手？

狗 才不是！一派胡言！……我的小主人去哪儿，我就要跟着去哪儿！……害怕的人就留在门口吧！……我们可不需要（看着面包）胆小鬼，（看着猫）也不需要叛徒……

火 我和你们一同前往！……看起来很有趣！……他们在里边一直跳个不停……

面 包 里面有东西吃吗？

水 （哀怨）我连最微小的幸福也没见过！……我想去长长见识！

光 大家都别说了！没有人在询问你们的意见……听清楚我的决定：狗、面包和糖陪同孩子们一同前往。水太冷了，不要进去。火太闹腾了，也不要进去。我建议牛奶也留在门口，因为她太感性了。至于猫呢，随她的意吧……

狗 她可害怕了！

猫	我去几位苦难老朋友那里打个招呼,他们住在幸福花园旁边……
蒂蒂尔	光,你呢,你不和我们一起来吗?
光	我不能这样去幸福花园,他们中大部分无法承受我的光亮……好在我有一条厚面纱,每当我拜访幸福的人们时,我就会用它将自己遮起来……(她展开一条长纱,仔细地将自己包裹起来)我不能让我灵魂的一丝光亮吓着他们,因为许多幸福都很胆小,他们自身并不快乐……好了,我裹成这样,那些长相最平凡或是身材最丰腴的幸福也不会因此忧虑了……

(幕启,呈现出第九个场景。)

第九场 幸福花园

　　幕布拉开,眼前呈现的是花园的前侧,其中矗立着一座由高耸的大理石柱支撑的宏伟大殿,石柱之间的金色粗绳上悬挂着厚重的绛红色帷幕,将花园背景遮得严严实实。这座建筑的风格令人联想到文艺复兴时期威尼斯或佛兰德斯最感性、最奢华的时代,仿佛委罗内塞[1]和鲁本斯[2]的风格。殿内处处都是花环、丰裕之角、卷帘流苏、花瓶、雕塑和金漆。正中间摆放着一张巨大的梦幻仙桌,由碧玉镶嵌金银制成,华丽烛台、水晶器皿、金银餐盘和珍馐美馔铺满其上。围坐在桌旁的是一群世上最丰腴的幸福,他们狼吞虎咽,大声唱歌,手舞足蹈,或躺卧或酣睡在一堆野味、珍果和打翻的壶瓮之中。他们个个身量高大,过度丰满,脸色红润,身着丝绒花缎,佩戴着镶有金子、珍珠和翠石的首饰。美丽的女奴们不停地端上珍馐佳肴和瑶池玉液。一曲欢快俗气、喧嚣刺耳的铜管乐响起。整个舞台被浓郁的红光所笼罩。

蒂蒂尔、米蒂尔、狗、面包和糖簇拥着光,略显局

---

[1] 保罗·委罗内塞,意大利文艺复兴时期画家,威尼斯画派的重要画家,擅长宗教神话题材的巨幅历史画,代表作《迦拿的婚宴》《威尼斯的胜利》等。
[2] 彼得·保罗·鲁本斯,佛兰德斯画家,巴洛克艺术的代表人物之一,代表作有《智者朝圣图》《农民的舞蹈》等。

促地从舞台右前方匆匆登场。猫一言不发地径直走向舞台后方,掀起右侧的暗色帘幕,消失在其后。

蒂蒂尔	这些自娱自乐、大快朵颐的大胖先生都是谁呀?
光	他们是世上最丰腴的幸福们,我们用肉眼就可以看到。虽然这种可能性不大,但青鸟有可能在他们中间暂时迷失了方向。因此,我们先不急着旋转魔钻,按照惯例,先仔细搜寻一下大殿这块区域。
蒂蒂尔	我们可以走近他们吗?
光	当然可以。他们虽然鄙俚浅陋,缺乏教养,但性情并不坏。
米蒂尔	他们有这么美味的蛋糕!……
狗	还有野味!肉肠!羊腿!牛肝!……(郑重其事宣告)世界上没有比牛肝更好、更美味、更值得品尝的东西了!
面　包	除了细小麦做的四磅面包!他们的面

|||包太美味了！……多漂亮！多美丽呀！……它们的个头比我还大！
糖|对不起，对不起，我向大家道一千个歉……见谅，见谅……我并无意冒犯任何人，然而，请不要忘了甜食才是这张餐桌上的荣耀，它们的光彩和华美超越了这个大殿，甚至可能超越了世上任何地方的一切，假如我可以这样说的话……
蒂蒂尔|他们看上去可真幸福！……他们吵吵闹闹，嘻嘻哈哈，唱得震天响！……我想他们已经看见我们了……

（一群丰腴幸福从桌边站起来，捧着肚子，艰难地朝孩子们走来。）

光|别害怕，他们非常好客……他们可能来邀请你一起加入晚宴呢……别接受，什么都不要接受，免得忘了你肩负的使命……
蒂蒂尔|什么？连吃一块小蛋糕都不行吗？它们

	看起来太美味了！那么新鲜，上面有漂亮的糖衣，还摆满了水果蜜饯，奶油都快要流出来了……
光	他们是危险的家伙，可能会击垮你的意志。为了我们肩负的使命，必须做出一些牺牲。你要礼貌且坚决地拒绝他们。他们过来了……
最丰腴的幸福	（向蒂蒂尔伸出手）你好，蒂蒂尔！
蒂蒂尔	（惊愕）您认识我？……您是谁呀？
最丰腴的幸福	我是幸福中最胖的那位，我叫富裕幸福，我代表我们的兄弟们邀请您和您的伙伴们光临我们不散的筵席。你们将与世间至真至美的幸福们共进晚餐。请允许我向你们介绍他们当中的主要成员。这位挺着罗汉肚的是我的女婿，物主幸福。这位脸颊胖胖、憨态可掬的是自满幸福。（自满幸福以恩主的神态致意）这边长着一双通心粉腿的孪生兄弟，是不渴而饮幸福和不饥而食幸福。（他们

摇摇晃晃地致意）这位像比目鱼一样聋的，是一无所知幸福；这位像鼹鼠一样瞎的，是一窍不通幸福；这边长着面包芯手、桃子冻眼的两位，分别是无所事事幸福和成天睡觉幸福。最后这位是笑容小胖，他的嘴角咧到耳朵根，总是忍不住笑……

（笑容小胖一边致意，一边笑弯了腰。）

蒂蒂尔 （指着站在一旁的一位丰腴幸福）那这位不敢靠近、背对着我们的是谁呀？

最丰腴的幸福 别介意，他就是有点腼腆，不好意思面对小孩子……（拽住蒂蒂尔的手）快来吧！让我们重新开席！……这是今晨曙光升起以来的第十二场宴会了。现在只等你们了……听到宾客们对你们的欢呼了吗？……我就不一一向你们介绍了，他们的人数实在太多了……（向两位孩子伸出手臂）让我带你们去贵宾席吧……

蒂蒂尔	非常感谢，最丰腴的幸福先生……很抱歉……我眼下无法加入你们……我们正急着寻找青鸟呢。或许您恰好知道它藏在哪里？
最丰腴的幸福	青鸟？……等等……对了，对了，我记起来了……很久以前我听人提起过它……但我想，它不是一种能吃的鸟……无论如何，它从未在我们的餐桌上出现过……也就是说，它压根儿入不了我们的眼……你们不必费那么大力气去找它了，我们有这么多更美味的东西呢……你们加入我们的生活中，就能看到我们所做的一切了……
蒂蒂尔	你们都做些什么呢？
最丰腴的幸福	我们忙着无所事事呢……没有一刻可以休息……不停地吃、喝、睡觉。这都是需要全神贯注才能做的事……
蒂蒂尔	那这些事好玩吗？
最丰腴的幸福	好玩……也只能这样了，毕竟世上又没

	有其他事可做……
光	您这么认为吗？
最丰腴的幸福	（指着光，低声向蒂蒂尔）这个没有教养的小丫头是谁？……
	（在上面这番对话进行期间，一群二等的丰腴幸福照料着狗、糖和面包，指引他们加入狂欢的酒席。突然，蒂蒂尔注意到他们几个已经和主人其乐融融地入了席，正在大快朵颐，推杯换盏，疯狂地舞动着身体。）
蒂蒂尔	您快看呀，光！……他们都上桌了！
光	快把他们叫回来！否则后果不堪设想！
蒂蒂尔	蒂洛！……蒂洛！到这儿来！……让你马上到这里来，听见没有！……还有那边的，糖和面包，谁允许你们离开我的？……你们在那边做什么？
面　包	（嘴里塞得满满当当）你和我们说话时不能更客气一点儿吗？
蒂蒂尔	什么？面包胆敢对我不用尊称了？……

	你怎么变成这样了？……还有你，蒂洛！……你就是这样听我话的吗？……快点，来这里，跪下，给我跪下！……走快点！
狗	（站在餐桌一头，低声道）我呢，吃饭的时候，谁的命令我也不听，什么都听不见了……
糖	（谄媚）请您原谅我们，我们不能就这样离开，那会辜负这些主人的好意，惹他们生气的……
最丰腴的幸福	瞧瞧！……他们已经做出示范了……快过来吧，大家都在等着你们呢……我们可不接受拒绝……否则我们就要采取一些小小的强制手段了……来呀，各位丰腴幸福，过来帮帮我！……把他们推到席上去，他们没得选择，让他们感受幸福吧！……

（丰腴幸福们一拥而上，发出喜悦的尖叫声，奋力蹦跳着，拖拽起两位

挣扎的孩子。笑容小胖迅猛地抓住光的腰。)

光　　是时候转动魔钻了……

（蒂蒂尔听从光的指令。舞台瞬间闪耀出一道难以名状的澄澈光芒，散发着神圣的淡粉色，和谐而轻盈。前景中，那些繁复的装饰和厚重的绛红帷幔纷纷散开消失，展现出一座传奇般幽美宁静的花园和一幢绿意盎然、景致和谐的宫殿。树木葱茏挺翠，熠熠生辉，长势喜人却不失齐整；花香醉人，透着宜人凉意的清泉四处流淌涌现，似乎要将极乐理念带至天际交界。筵席餐桌消失得无影无踪，随着一阵闪耀着光芒的劲风吹袭过舞台，丰腴幸福们身上佩戴的丝绒、花锦和冠冕，和他们脸上笑吟吟的面具一起，飞升至空中，撕成碎片，然后掉落在一脸震惊的宾客脚边。他们像被压扁的气囊一样眼见着瘪了下去，面面相觑，在陌生的刺眼光线中眨着眼睛，直到终于看清彼此赤裸松弛、丑陋可悲的真实模样，才发出羞耻和惊恐的尖叫，其中笑容小胖的叫声尤为鲜明，清晰可闻。只有一窍不通幸福还保持着一种无懈可击的平静，而他的同伴们此时已发狂地四处逃窜，只求找到一个更阴暗的角落躲藏起来。可惜，在这座绚烂夺目的花园中已经没有阴影存在。因此，大多数幸福在绝望之下，决意越过右侧角落中那道封印着不幸之窟的可怕帘幕。每当他们有人在惶恐中掀起帘幕的一角时，就能听见从窟穴内传来一阵如同暴风雨般的辱骂和诅咒。狗、面包和糖低垂着耳朵回到了孩子们的队伍，羞愧地躲在他们身后。)

蒂蒂尔 （看着四处逃窜的丰腴幸福）天啊，他们可真丑！……他们要往哪里去呢？

光 说实话，我想他们是神志不清了……他

	们要逃到不幸之窟里去，我真担心不幸们会把他们永远留在那里……
蒂蒂尔	（张望四周，心驰神往）噢！多美的花园，多美的花园呀！……我们在什么地方？
光	我们的位置并没有改变，只是你眼睛观看的视角发生了变化……现在我们可以看到事物的真实模样，在魔钻的光辉之下，我们也能看清幸福们的灵魂了。
蒂蒂尔	多美呀！……天气这么晴朗！……让人以为是盛夏呢……瞧！好像有人要走过来迎接我们了……
	（花园中涌现出天使的身影，她们似乎刚刚从长久的沉睡中苏醒，怡然地在树枝间飘舞。她们身着光彩夺目的长裙，颜色柔和又细微不同，如初醒玫瑰、莞尔清波、拂晓蔚蓝、琥珀微露。）
光	瞧，有几位可爱又好奇的幸福走过来了，他们要告诉我们……

蒂蒂尔	你认识他们吗?
光	是的,他们我全都认识,我经常来拜访他们,但他们不知道我是谁……
蒂蒂尔	那里也有,那里也有!……他们从各个角落里冒出来了!……
光	过去他们的数量还要更多。丰腴幸福把他们害得不浅。
蒂蒂尔	不要紧,现在还有不少呢……
光	等魔钻照到花园的每个角落时,你还会看到更多呢……世上存有的幸福要比人们想象的多出许多,只是大多数人类无法发现而已……
蒂蒂尔	有几位小个子幸福过来了,我们去找他们吧……
光	没有意义,对我们感兴趣的自然会到这里来。我们可没有时间认识他们所有人……

（一群小不点幸福从翠绿的树叶间蹦跳而出,嬉笑吵嚷,绕着孩子们围成

	一个圈,跳起舞来。)
蒂蒂尔	他们真好看,真漂亮!……他们从哪儿来的?又是谁呢?……
光	他们是孩童幸福……
蒂蒂尔	我们可以和他们说话吗?
光	没有意义,他们会唱歌、跳舞、嬉笑,却还不会说话呢……
蒂蒂尔	(蹦跳)你们好!你们好!……噢!那个小胖墩儿在笑呢!……他们的脸色多红润,穿的衣服多漂亮!……他们全都很有钱吗?
光	也不是,这里和世上各处一样,穷人比富人多……
蒂蒂尔	穷人们在哪儿呢?
光	我们无法区分他们……孩童幸福总是穿着世上最美的衣服。
蒂蒂尔	(跃跃欲试)我想和他们一起跳舞……
光	不行,我们没有时间了……看起来他们手里并没有青鸟……再说,他们很着急、你

瞧，他们已经走了……他们也没有时间可以浪费，童年是非常短暂的……

（另一群身材稍高的幸福在花园里追逐嬉戏，嘴里还高声歌唱着："他们在那儿！他们在那儿！他们看到我们了！他们看到我们了！……"随即绕着孩子们跳起一支喜悦的法兰多拉舞[1]。舞毕，一位领队模样的幸福走向蒂蒂尔，向他伸出手。）

幸　福	你好，蒂蒂尔！
蒂蒂尔	又是认识我的！……（对着光）哪儿都有人认识我……你是？
幸　福	你不认得我？……我敢打赌，在这儿的你应该一个也不认识吧？
蒂蒂尔	（些许尴尬）是的……我不认识……我不记得见过你们……
幸　福	你们听到了吗？……我就知道！……他

---

1 法兰多拉舞，法国传统舞蹈，源于普罗旺斯地区。跳舞时男女携手连成长队，做出各式各样的队列、舞步、姿势，风格轻快欢乐。

从来没有见过我们!……(其他幸福都发出笑声)不过,我的小蒂蒂尔,你应该认得我们才对!……我们可是一直在你身边!……我们和你一起吃,一起喝,一起醒来,一起呼吸,一起生活!……

蒂蒂尔　　是的,是的,当然,我知道,我记得……我只是想知道应该怎么称呼你们……

幸　福　　我看出来你什么也不知道……我是你家里的幸福首领,其他的各位也都是住在你家里的幸福……

蒂蒂尔　　所以我家里是有幸福的吗?

(所有幸福都发出笑声。)

幸　福　　你们听到了吗!……你家里是不是有幸福!……小可怜,你家里的幸福满得门窗都快被挤坏了!……我们嬉笑歌唱,制造出的欢乐都要把墙推倒、把屋顶掀翻了。但这一切不过是无用功,你什么也看不见,什么也听不见……希望你以后能清醒些……在这一天到来之前,先来认识一下我们最有名望的几位成员，和他们握个手吧……这样等你回家之后，就能更容易地认出他们了……在美好的一天结束时，你就会知道要用微笑鼓励他们，用善意的话感谢他们，因为他们真的倾尽全力让你的生活变得轻松有滋味……首先是我，为你效劳的身体健康幸福……我的长相可能不是最好看的，但我是最重要的。以后你能认出我吗？……这是空气清新幸福，他的身体几乎是透明的……这是热爱父母幸福，他穿着灰色衣裳，还总是有些郁郁寡欢，因为人们从来都看不见他……这是蓝天幸福，当然就穿着蓝衣裳啦。这位是森林幸福，同样的，他当然穿着绿色衣服，你每次到窗边都能看到它……还有这位善良的、有着钻石颜色的晴天幸福，和那位像翡翠一样青翠的春天幸福……

蒂蒂尔 你们每天都穿得这么漂亮吗？

幸　福 是呀，在千家万户中，只要人们睁开眼睛，对我们而言就像是礼拜天一样……等到夜晚来临时，日落幸福就出现了，他比世上任何一个国王都要英俊；紧随其后的是观星幸福，他金光闪闪的，像远古的天神……天气不好时，下雨幸福就会来，他全身戴满珍珠；还有冬火幸福，他会向冻僵的双手敞开美丽的红色长袍……我还没有说到其中最棒的那个呢，那就是天真幸福，他差不多算是明亮大欢乐的兄弟了，一会儿你们就会见到明亮大欢乐的。天真幸福是我们中穿着最明快的那个……然后，这里还有……不过说真的，他们实在是太多了！……我们说不完的，我得先给大欢乐们送个信，告诉她们你们来了，她们住在后面，靠近天门的天上……我派赤脚踏露幸福去，他是最灵活的了……

(对着刚才点到名、翻滚着上前的幸福说)去吧!

(这时,一个身穿黑色紧身衣的调皮鬼发着不成语句的尖叫,挤开人群,向蒂蒂尔靠近。他疯狂地跳跃着,不断向蒂蒂尔发起攻击,在蒂蒂尔的鼻子上打几拳,在蒂蒂尔的脸上扇几记耳光,还踹了蒂蒂尔几脚,让人难以反抗。)

蒂蒂尔 (一脸慌乱,勃然大怒)这是哪来的野小孩?

幸　福 哦!这是从不幸之窟逃出来的生命不可承受之乐。不知道把他关在哪里好。他到哪儿都能溜出来,不幸们已经不想再管他了。

(调皮鬼继续逗弄着蒂蒂尔,令他无法防卫。倏尔,他爆发出一阵大笑,无缘无故地消失了,就像他无缘无故地出现一样。)

蒂蒂尔 他到底怎么了?是不是脑子有点不正

	常呀？
光	我也不清楚。你不乖的时候，好像也是这个模样的。趁着等待大欢乐的工夫，我们要打探一些关于青鸟的消息。你家幸福的首领可能知道青鸟的行踪……
蒂蒂尔	青鸟在哪儿呢？
幸 福	他不知道青鸟在哪儿！

（所有幸福都哄堂大笑起来。）

| 蒂蒂尔 | （愠怒）我就是不知道啊……这有什么可笑的…… |

（又是一阵笑声。）

| 幸 福 | 瞧瞧，别生气呀……好了，让我们正经点儿……他不知道，这有什么办法呢？大部分人类比他更可笑……去给大欢乐们报信的小赤脚踏露幸福回来了，她们正朝我们走来呢…… |

（几位颀长秀美的欢乐穿着亮闪闪的长裙，正在慢慢走近。）

| 蒂蒂尔 | 她们可真美！……可是她们为什么不笑 |

	呢？……她们不高兴吗？
光	并非只有笑的时候，我们才是最快乐的……
蒂蒂尔	她们都是谁呀？
幸　福	她们是大欢乐……
蒂蒂尔	你知道她们的名字吗？
幸　福	那当然啦，我们常常和她们一起玩耍……走在最前面的是正义欢乐，只有不公被纠正时，她才会露出微笑——可惜我年纪太小，从未见过她的笑容。在她身后的是善良欢乐，她是最快乐也是最悲伤的那个。她总是想去不幸那里安慰他们，我们拦也拦不住。右边那位是工作完成欢乐，在她身旁的是思考欢乐。然后是理解欢乐，她总是来找她的兄弟———窍不通幸福。
蒂蒂尔	我看见她兄弟了！……他跟着丰腴幸福到不幸那边去了。
幸　福	我就知道！……他学坏了，他结交的那

	些狐朋狗友把他带坏了……但别告诉他姐姐这件事。她要是去找他，我们就会失去最美丽的欢乐了……这边还有呢，那几个最高挑的里面有一个叫发现美丽欢乐，她每天都给花园里的明媚增添几缕光芒……
蒂蒂尔	那边好远好远的金色祥云中的那位是谁呢？我要踮起脚才勉强能看见她……
幸　福	那是爱之大欢乐……你怎么踮脚也没用，你实在是太小了，看不见她全身的……
蒂蒂尔	还有那边最远处，戴着面纱，也不过来的又是谁呢？
幸　福	那是一些人类还不认识的欢乐……
蒂蒂尔	她们这是怎么了？……为什么退到一边去了？
幸　福	因为又有一位欢乐过来了，她或许是我们当中最纯粹的那个……
蒂蒂尔	她是谁？
幸　福	你还没认出她吗？……再仔细瞧瞧，睁

大你的眼睛,让它看到你的心底!……她看向你了,她看向你了!……她跑过来,还向你伸出双臂!……这是你妈妈的欢乐,是无与伦比的母爱欢乐!

(其他欢乐从四面八方跑来热烈欢迎母爱欢乐后,又从她面前悄然退去。)

母爱欢乐 蒂蒂尔!还有米蒂尔!……怎么是你们,我怎么会在这里见到你们!……真是没想到!……我在家里很孤单,没想到你们俩爬到天上来了,在这里所有母亲的灵魂都在欢乐中闪闪发光!……先让我亲亲,让我好好亲亲你们!……两个小宝贝都在我的怀里,世上没有比这更令人幸福的事了!……蒂蒂尔,你为什么不笑呢?……米蒂尔,你也不笑吗?……你们不认得妈妈对你们的爱了吗?……你们好好看着我,这不就是我的眼睛、我的嘴唇和我的臂膀吗?

蒂蒂尔 不,我认得,只是我之前不知道……你

	长得像妈妈，却比她漂亮多了……
母爱欢乐	这是当然，我不会变老……我们度过的每一天都会给我带来力量、青春和幸福……你们一微笑，我就会年轻一岁……在家里看不出来，但在这里，我们能看见一切，这就是事实……
蒂蒂尔	（惊讶极了，端详着她，来来回回地亲吻她）这件漂亮裙子是用什么做成的？……是用绸缎、银子还是珍珠？
母爱欢乐	都不是，它是用亲吻、注视和爱抚做成的……你们每吻我一次，它就会增添一道月辉或日光……
蒂蒂尔	真有趣，我永远也想不到你这么有钱……你之前把它藏在哪儿了？……是不是在爸爸拿着钥匙的那个衣橱里？
母爱欢乐	不，我一直穿着它，只是你们看不见而已，紧闭的双眼是什么也看不见的……所有的母亲，只要她们爱自己的孩子，就都是富有的……她们当中没有贫穷、

	丑陋或苍老……她们的爱永远都是欢乐中最美的那个……当她们伤心时，只要给予她们一个吻或接受她们的一个吻，就能让她们的泪珠变成眼底的星星……
蒂蒂尔	（震惊地望着她）真的，你的眼里全是星星……这真的是你的眼睛，但它们变得美丽极了……这也是你的手，戴着这枚小戒指呢……还有你那天晚上点灯时被烫伤的疤痕……但这双手要白嫩得多！……就像会发出光来一样……它们不用像家里的那双手一样干活吗？
母爱欢乐	不，这就是同一双手，你没有发现当它抚摸你时，它就会变得无比白皙、充满光泽吗？
蒂蒂尔	这真奇怪，妈妈，这也是你的声音，可是你的声音比在家的时候好听多了……
母爱欢乐	在家里我们有太多事要忙，没有时间……但是那些没有说出口的话，我们也是可以听见的……既然你看见我如今

	的模样，等明天回到家里，见到穿着简陋衣裙的我，你还会认得我吗？
蒂蒂尔	我不想回去……因为你在这里，只要你在这里，那我也想留下……
母爱欢乐	可这是一回事，我住在家里，我们都住在家里……你来这里只是为了明白和学会在家里时应该如何看待我……明白了吗，我的蒂蒂尔？……你以为你此刻身处天上，但只要我们在哪里亲吻拥抱，哪里就是天上……世界上没有两个妈妈，你只有一个……每个孩子都只有一个妈妈，而她永远是最漂亮的那个，但是这需要你去认识她，学会如何看待她……可是你是怎么跑到这里来的，怎么找到那条人类自从入住地球以来就一直在寻找的路呢？
蒂蒂尔	（指向出于保护隐私而微微远离的光）是她带我来的……
母爱欢乐	她是谁？

蒂蒂尔	是光……
母爱欢乐	我从未见过她……我听说她很爱护你们,她也很善良……但是她为什么要把自己遮起来呢?……她从来不向旁人展露她的面庞吗?
蒂蒂尔	不是的,她只是担心幸福看见太多光亮会感到害怕……
母爱欢乐	可她不知道我们在等着她!……(呼唤其他大欢乐)快过来,快过来,姐妹们!快来,跑快一点儿,光终于来看我们了!……
	(围拢过来的大欢乐们发出一阵骚动,纷纷叫喊:"光在这儿!……是光,是光!……")
理解欢乐	(推开众人,上前亲吻光)原来您就是光,我们却一直不知道!……我们等了您好多好多年!……您认得我吗?……我是四处寻找您的理解欢乐……我们都很快乐,只是我们看不见除自身以外的

	事物……
正义欢乐	（轮到她亲吻光）您认得我吗？……我是向您祈祷多次的正义欢乐……我们都很快乐，只是我们看不见除自身影子以外的事物……
发现美丽欢乐	（同样亲吻着光）您认得我吗？……我是非常爱您的发现美丽欢乐……我们都很快乐，只是我们看不见除了自身遐思以外的事物……
理解欢乐	瞧瞧，瞧瞧，我的姐妹，别让我们等下去了……我们足够坚强和纯真……请您脱下这块掩盖着终极真相与终极幸福的面纱吧……您看，我所有的姐妹都已经跪在您的脚边了……您就是我们的女王和奖赏……
光	（拉紧她的面纱）姐妹们，我美丽的姐妹们，我必须听从我主人的命令……这一时刻尚未来临，也许它的钟声很快就会敲响，到时我将毫无畏惧、毫无掩

	饰地来找你们……再会了，你们快起来吧，在这等待黎明来临的时刻，让我们像久别重逢的姐妹那样亲吻拥抱吧……
母爱欢乐	（亲吻光）您善待了我那两个可怜的孩子……
光	我会善待所有相爱之人……
理解幸福	（走近光）请最后再吻一下我的额头吧……
	（她们长久地相拥着，当她们分开抬起头时，眼底已满是泪光。）
蒂蒂尔	（惊诧）你们为什么哭呀？（望向其他欢乐）瞧！你们也哭了……为什么大家的眼里都充满泪水呀？
光	安静点，我的孩子……
	（幕落。）

第五幕

第十场　未来之国

在蔚蓝宫殿宏伟的大厅里，一群即将降临人间的孩子正在等待。无尽的蓝宝石柱支撑着绿松石穹顶。从光线、青金石墙板，到最远处几道若隐若现的拱门之间星点斑斓的背景，以及那些微小的事物，这里的一切都呈现出一种不真实、明丽而梦幻的青色。只有罗马柱柱顶、底座、拱顶石和一些座椅、环形长凳是由白色大理石或雪花石膏构成的。右侧的罗马柱之间立着一扇扇乳白色大门。在这一幕的结尾，时间之神将打开这些通往现实生活和曙光码头的大门。大厅内四处都是身着天青色长袍的孩子，秩序井然。他们有的在玩耍，有的在散步，有的在闲聊或沉思；一些孩子睡着了，还有一些在柱子之间构思未来的发明。他们使用的工具器械、创造出来的机器，以及栽培和采摘的植物花果，与宫殿整体的氛围相得益彰，是一种超脱世俗的青色。在这些孩子中间，几位衣服颜色更浅、更透明的青衣女子在来回穿梭，她们身姿高挑，恬静秀美，宛如天使一般。

蒂蒂尔、米蒂尔和光从左前方的罗马柱之间悄悄潜入。他们的到来在青衣孩子之中引发了些许骚动，他们不一会儿就从四面八方跑来，围绕在这些不速之客的身边，好奇地打量着他们。

米蒂尔 糖、猫和面包去哪儿了？

光 他们不能到这里来，一旦他们知道了未来，就不会再服从命令了……

蒂蒂尔 那狗去哪儿了？

光 让他知道在未来等待着他的命运，也不是一件好事……我把他们关在教堂的地下室里了……

蒂蒂尔 我们现在在哪儿呢？

光 我们在未来之国里，周围都是尚未出生的孩子。既然魔钻能让我们在这个国度

	里看清人类觉察不到的事物，那么我们很可能会在这里找到青鸟……
蒂蒂尔	这里所有东西都是青色的，那只鸟肯定也是青色的……（环顾四周）天呀，这里可真美！
光	你瞧，这些孩子都跑过来了……
蒂蒂尔	他们生气了吗？
光	才没有呢……你好好瞧瞧，他们脸上都带着笑呢，只不过有些吃惊罢了……
青衣孩子们	（愈发成群结队地跑起来）活小孩！……快来看活小孩呀！
蒂蒂尔	为什么他们把我们叫作"活小孩"？
光	因为他们的生命还没有开始呢……
蒂蒂尔	那他们在这里做什么呢？
光	他们在等出生时刻的到来……
蒂蒂尔	他们的出生时刻？
光	是呀，所有诞生于人间的孩子都是从这里出发的。每个孩子都要等待他的次序……当爸爸妈妈期待孩子的到来时，

	你看，右边那些门就会打开，孩子们由此降临人间……
蒂蒂尔	好多！好多呀！
光	还有更多呢……我们看不全所有人……你想想，在世界末日之前，还有多少孩子要出生……没人能算清楚的……
蒂蒂尔	那些青衣女人又是谁呀？
光	不清楚……她们大概是守卫者吧……据说她们会在人类之后到人间……可是我们是不许去询问她们的……
蒂蒂尔	为什么呢？
光	因为那是地球的秘密……
蒂蒂尔	那我们可以和那些小孩说话吗？
光	当然，理应和他们认识认识……瞧，那个小家伙比别人都好奇……你走近点儿，和他说说话……
蒂蒂尔	我应该和他说什么呢？
光	你想说什么就说什么，就像和一个小同学聊天那样……

蒂蒂尔	我可以和他握手吗？
光	当然，他不会伤害你的……哎呀，别这么拘谨……我离远点，你们俩自己聊，这样你们会更自在点……我去和那位青衣女子说说话……
蒂蒂尔	（走近那个青衣小孩，向他伸出手）你好！……（手指触到他的青色衣袍）这是什么呀？
青衣小孩	（一脸认真地用手去摸蒂蒂尔的帽子）这又是什么？
蒂蒂尔	这个？……这是我的帽子……你没有帽子吗？
青衣小孩	没有，为什么要戴这个？
蒂蒂尔	这是为了和你说"你好"用的……也为了天冷的时候保暖……
青衣小孩	什么是天冷的时候？
蒂蒂尔	就是我们被冻得"咯咯咯"这样发抖的时候！……还有我们在手里哈气，像这样挥动胳膊的时候……

(他大力地挥舞起手臂。)

青衣小孩　　　　　人间很冷吗?

蒂蒂尔　　　　　　有的时候是的,特别是冬天我们没有火的时候……

青衣小孩　　　　　为什么没有呢?

蒂蒂尔　　　　　　因为太贵了,我们要有钱才能买柴火……

青衣小孩　　　　　钱又是什么?

蒂蒂尔　　　　　　就是来买东西的……

青衣小孩　　　　　啊!……

蒂蒂尔　　　　　　有的人有钱,有的人却没有……

青衣小孩　　　　　为什么呢?

蒂蒂尔　　　　　　因为他们不富有呀……你有钱吗?……你几岁了?

青衣小孩　　　　　我很快就要出生了……我还要十二年就能出生……出生是件好事吗?

蒂蒂尔　　　　　　是呀!……很好玩的!

青衣小孩　　　　　你是怎么出生的?

蒂蒂尔　　　　　　我记不得了……那都是好久以前了……

青衣小孩　　　　　他们都说人间和活着的人特别漂亮!

蒂蒂尔	是呀，还不错呢！……人间有鸟儿、蛋糕、玩具……有些人什么都有，但没有这些的人可以看别人的……
青衣小孩	有人和我们说妈妈会在大门另一边等待我们……她们都很好，是吗？
蒂蒂尔	啊对！……她们比任何东西都要好！……奶奶也是，但是她们死得太快了……
青衣小孩	她们要死的？……死又是什么？
蒂蒂尔	就是有一天晚上她们走了之后就再也不回来了……
青衣小孩	为什么呀？
蒂蒂尔	谁知道呢？……可能她们很难过吧……
青衣小孩	你的也走了吗？
蒂蒂尔	我的奶奶？
青衣小孩	你的妈妈或者你的奶奶，我怎么会知道呢？
蒂蒂尔	啊！她们俩不是一回事！……奶奶会先走，这已经让人够难过了……我奶奶是个特别好的人……

青衣小孩	你的眼睛怎么了？……怎么会滚出珍珠来？
蒂蒂尔	才不是，这可不是珍珠……
青衣小孩	那这是什么？
蒂蒂尔	什么也不是，这里到处都是青色，晃得我有点眼花而已……
青衣小孩	那这个叫什么呢？
蒂蒂尔	什么？
青衣小孩	就是这个掉下来的东西……
蒂蒂尔	这什么也不是，就是一点儿水罢了……
青衣小孩	它们是从眼睛里出来的吗？
蒂蒂尔	是呀，有时候我们哭的时候就会……
青衣小孩	什么是哭呢？
蒂蒂尔	我，我可没哭，都是这个青色害的……不过，我要是哭的话，也是这个样子……
青衣小孩	人经常哭吗？
蒂蒂尔	男孩子不经常哭，但女孩子……这里的人不哭吗？
青衣小孩	不哭，我不知道怎么哭……

蒂蒂尔	没事，你以后就会了……你身上这对青色大翅膀，是为了玩什么游戏吗？
青衣小孩	这个？……这是我去人间以后要做的发明……
蒂蒂尔	什么发明？……你发明什么东西了吗？
青衣小孩	是呀，你不知道吗？……等我到了人间以后，我要发明让人变得幸福的东西……
蒂蒂尔	那个发明好吃吗？……它会发出声响来吗？
青衣小孩	不会，什么声音都没有……
蒂蒂尔	真可惜……
青衣小孩	我每天都在用功……它差不多就要完成了……你想看看吗？
蒂蒂尔	当然啦……它在哪里呢？
青衣小孩	在那儿，从这里可以看见吗？就在那两根柱子之间……
第二个青衣小孩	（走近蒂蒂尔，拽他的袖子）你想看我的发明吗？

蒂蒂尔	当然,是什么呢?
第二个青衣小孩	是三十三种延年益寿的药方……瞧,就在这些青色小瓶里……
第三个青衣小孩	(走出人群)我呢,我带来了一种没有人知道的光!……(他全身燃起一种奇异的火焰)很稀奇吧?……
第四个青衣小孩	(拖着蒂蒂尔的手臂)来看我做的机器,它能像无翅鸟一样飞翔!……
第五个青衣小孩	不行,不行,先来看我的发明,它可以找到藏在月亮里的宝藏!……

  (青衣小孩们匆忙地聚集在蒂蒂尔和米蒂尔身旁,叫嚷着:"不行,不行,先来看我的!……不对,我的更漂亮!……我的更惊人!……我的像糖一样好!……他的才不特别呢……他抄袭了我的想法!……"在此起彼伏的叫喊声中,他们争相推着两位活小孩来到青色实验室这边,每个发明家都要在这里展示他们的理想机器。一股青色旋风迅

速升起,里面包含了机轮、机盘、机翼、齿轮、滑车、皮带,以及一些被淡青色虚幻蒸汽笼罩的尚未命名的奇特物件。各种奇怪神秘的机械四处纷飞,有的在穹顶下盘旋,有的在柱脚边爬行。与此同时,青衣小孩们有的打开地图和研究方案,有的翻开书本,有的翻出青色雕塑,有的还带来巨型花果,好像是用蓝宝石和绿松石制成的。)

一个青衣小孩 （被巨大的青雏菊压弯了腰）你们快看我的花!

蒂蒂尔 这是什么?……我认不出来……

青衣小孩 这是雏菊!

蒂蒂尔 不可能吧!……它们像轮胎一样大!

青衣小孩 它们闻起来可香了!

蒂蒂尔 （嗅着花朵）真不可思议!

青衣小孩 等我到人间时,雏菊就都会长成这么大……

蒂蒂尔 那是什么时候?

青衣小孩	在五十三年四个月九天之后……
	（又来了两个青衣小孩，托着一串大得不真实的葡萄，它的果实如同长杆上挂着一盏吊灯，个头比梨子都大。）
托着葡萄串的小孩	你觉得我的水果怎么样？
蒂蒂尔	这是一串梨吧！
托着葡萄串的小孩	才不是呢，这是葡萄！……等我三十岁的时候，葡萄就都会是这么大了！……我已经找到种植方法了……
拎苹果篮子的小孩	（被一筐大如蜜瓜的青苹果压得够呛）我来了！……你们看我的苹果！
蒂蒂尔	这是蜜瓜才对！
拎苹果篮子的小孩	才不是！……这是我的苹果，还是长得最差的那批！……等我出生之后，所有苹果都会长这么大……我已经找到培育技术了！
推着蜜瓜小车的小孩	（推着一辆青色独轮车，里面装满比南瓜还大的青蜜瓜）那你看我的小蜜瓜呢？

蒂蒂尔	这些是南瓜!
推着蜜瓜小车的小孩	等我到人间后,蜜瓜都会大得让人自豪!……我将成为九大行星[1]国王的园丁……
蒂蒂尔	九大行星国王?……他在哪儿呢?
九大行星国王	(气宇轩昂地走来。他看起来约莫四岁,他的双腿弯曲着,勉强站得稳)我在这儿!
蒂蒂尔	嘿!你不是很高大呀……
九大行星国王	(一本正经地教训道)我未来所行之事势必伟岸。
蒂蒂尔	你会做什么事呢?
九大行星国王	我要建立太阳系行星总会。
蒂蒂尔	(愣住)啊,真的吗?
九大行星国王	除土星、天王星和海王星之外,其他所有行星都会成为其中一员,这三颗行星的距离实在太过遥远,难以估计。

---

[1] 2006年8月24日国际天文学联合会大会上,经投票决议,冥王星被降级为矮行星。至此,太阳系仅剩八大行星。

(语毕,他神气十足地走了。)

蒂蒂尔 他可真有意思……

青衣小孩 那你看见那个人了吗?

蒂蒂尔 哪个人?

青衣小孩 那个在柱脚边睡觉的小孩……

蒂蒂尔 那又如何?

青衣小孩 他会把纯粹的欢乐带到人间……

蒂蒂尔 怎么带的呀?

青衣小孩 通过人们还没有的想法带过去的……

蒂蒂尔 那边那个抠鼻子的小胖子呢?他之后会做什么呢?

青衣小孩 他要找到一种火焰,让地球在未来太阳更衰弱的时候能够保持温暖……

蒂蒂尔 那边两个一直牵着手、吻个不停的人呢?……他们是兄妹吗?

青衣小孩 不是的,他们特别好笑……他们是一对恋人……

蒂蒂尔 什么是恋人?

青衣小孩 我也不知道……是时间之神这么叫来打趣

	他们的……他们俩整天都在盯着对方看，亲来亲去的，嘴上又一直在说永别……
蒂蒂尔	为什么呀？
青衣小孩	他们好像不能一起出生……
蒂蒂尔	那个全身粉嫩嫩、一脸严肃地吮着拇指的小孩，他又要做什么呢？
青衣小孩	他似乎要消除人间的不公……
蒂蒂尔	啊？
青衣小孩	大家都说这是一项特别惊人的工作……
蒂蒂尔	还有那个红棕色头发的小孩，走起路像是看不见似的。他是盲人吗？
青衣小孩	还没有，但他确实会变成盲人……他呀，你瞧好了，他好像要去战胜死亡……
蒂蒂尔	这是什么意思？
青衣小孩	具体的我也不清楚，但他们都说这很伟大……
蒂蒂尔	（指着一群睡倒在柱脚边、阶梯旁、长椅上等各个角落的孩子）那些睡着的人呢？好多孩子都睡着了呀！他们什么

		事都不做吗？
青衣小孩	他们在想事情呢……
蒂蒂尔	想什么呢？
青衣小孩	他们还不知道要做什么，但是必须带一样东西去人间，我们是不允许空手离开的……
蒂蒂尔	是谁下的这道禁令？
青衣小孩	是站在门边的时间之神……等他打开门的时候，你就能看见了……他可烦人了……
另一个青衣小孩	（从大厅尽头跑来，推开人群）你好，蒂蒂尔！
蒂蒂尔	呀！……他怎么知道我的名字？
青衣小孩	（一路跑来，热情地亲吻了蒂蒂尔和米蒂尔）嗨！……你们好吗？……快来亲亲我，你也是，米蒂尔……我知道你的名字这件事不奇怪，因为我是你未来的弟弟……他们刚刚才跟我说你在这里……我刚才还在大厅那头，整理我的

	思绪呢……快和妈妈说，我已经准备好出生啦……
蒂蒂尔	什么？……你要到我们家来吗？
青衣小孩	当然啦，明年的棕枝主日[1]我就要来了……我小的时候，你可不要太欺负我……我真是太开心啦，可以提前亲吻你们……让爸爸快点把摇篮修好吧……我们家里好吗？
蒂蒂尔	挺不错的……而且妈妈特别好！
青衣小孩	有好吃的吗？
蒂蒂尔	这得看情况……有时候我们甚至还有蛋糕呢，对吧，米蒂尔？
米蒂尔	每年的元旦和七月十四日[2]……妈妈就会做蛋糕……
蒂蒂尔	你这个包里装的是什么？……你给我们带什么东西了吗？
青衣小孩	（一脸骄傲地）我带来了三种疾病：猩

---

1 棕枝主日，基督教的一个节日。
2 七月十四日，法国国庆日。

175

	红热、百日咳和麻疹[1]……
蒂蒂尔	如果是这些的话，那还是算了吧！……那你之后要做什么呢？
青衣小孩	之后？……之后我就走了呀……
蒂蒂尔	这也值得去人间一趟？
青衣小孩	难道由得我选吗？

（这时，一阵有力而清脆的震动声响起来，持续不断，响彻整个空间，声音似乎是从那一道道石柱和被强光照射的乳白色大门中传来的。）

蒂蒂尔 这是什么声音？

青衣小孩 是时间之神！……他要把大门打开了！

（霎时间，青衣小孩队伍掀起一阵巨大的骚动。大部分孩子都放下手里的机器，搁置正在做的事情，连睡着的孩子们也醒过来，纷纷朝着那些乳白色大门投去目光，并渐渐聚拢到门前。）

---

[1] 这三类疾病都属于儿童常见病。

光	（与蒂蒂尔会合）我们先躲到柱子后面……不能让时间之神发现我们……
蒂蒂尔	这是从哪里发出的声音？
一个青衣小孩	是曙光升起的声音……今天出生的孩子们降临到人间的时辰到了……
蒂蒂尔	他们怎么下去呢？……有梯子吗？
青衣小孩	你等着瞧吧……时间之神在抬门闩了……
蒂蒂尔	时间之神是谁？
青衣小孩	是来召唤即将离开的小孩的那个老头……
蒂蒂尔	他是坏人吗？
青衣小孩	他不坏，但是实在不近人情……不管我们怎么求他，只要还没轮到我们，不管是谁想提前离开都会被他推回来……
蒂蒂尔	大家都很高兴要走吗？
青衣小孩	我们留在这儿不开心，但是要离开的时候也很难过……快看！快看！……门开了！

（随着一扇扇乳白色大门缓缓打开，人间的嘈杂声，犹如从远处飘来的乐曲。一道红绿相间的光束穿透大厅，

门槛上显现出一位胡须飘扬、手持镰刀和沙漏的高个子老人，那就是时间之神。此外，一座由曙光的玫瑰色云雾构成的码头，以及停泊在一旁的雪白泛金的帆船顶部，也浮现在眼前。）

时　间　　　（站在门口）时辰到了，要出发的人都准备好了吗？

一些青衣小孩　（推开人群，从四面八方跑来）我们在这儿呢！……我们在这儿呢！……我们在这儿呢！……

时　间　　　（对面前争前恐后出门的孩子们厉声道）一个一个来！……你们的人数比预计的多太多了！……老是这样！……休想蒙骗我！……（把一个孩子往后推）还没轮到你呢！……快回去，明天才是你……你也不是，给我回去，等十年后再来吧……想当第十三个牧童？……我们只要十二个，多的不要了，我们可不是在忒奥克里托斯[1]或是维吉尔[2]的时代……还有人要来当医生？……医生已经太多了，人间对此怨声载道的……工程师在哪里？……我们还需要一位正直的人，一位就够了，就像奇迹一样……这位老实人在哪儿？……是你吗？……（小孩点头示意）我看你太过瘦弱了……应该活不久！……喂，你们几个，那边的，别跑这么快！……你呢，你带了什么？……什么也没带？空着手来的吗？……这样可不行……准备点什么吧，假如你想的话，可以策划一个大罪行，或者发明一种疾病，反正对我而言没什么区别……总之需要带点东西去……（注意到一位被众人推到前方却

---

[1] 忒奥克里托斯（约前310—约前250），古希腊著名诗人、学者，西方田园诗派创始人。
[2] 维吉尔（前70—前19），古罗马最伟大的诗人之一，著有《牧歌集》《农事诗集》《埃涅阿斯纪》等。

极力反抗的孩子）哎，你呢，你带了什么？……你很清楚时辰到了……我们在寻找一位对抗不公的英雄，就是你了，快出发吧……

青衣小孩们 他不想去，先生……

时　　间 怎么？……他不愿意？……他以为自己在哪里，小家伙？……没得异议，我们没有时间了……

青衣小孩 （被其他人推搡着）不，不！……我不想！……我不要出生！……我想待在这里！

时　　间 没这回事……时辰到了，就是时辰到了！……来吧，快点，到前面来！

另一个青衣小孩 （往前走）噢！你们让我过去！……我来顶替他的位置！……听说我的爸爸妈妈年纪大了，他们已经等我等了好久了！

时　　间 这可不行……一码归一码……假如都听你们的，那可就没完了……这个人想去，

	那个人不想去，这个嫌太早，那个嫌太晚……（赶走侵占着门槛的孩子们）别离得这么近，小家伙们……后退一点儿，你们太好奇了……没轮到的人，外面和你们一点儿关系都没有……现在你们急着出去，等轮到你们了，又开始畏畏缩缩，打退堂鼓……站直了，那边四个抖得跟风中的叶子似的……（对着一位正要跨过门槛却突然折返的孩子道）怎么了？……你有什么事吗？
青衣小孩	我忘记带装着我要犯的两桩罪行的盒子了……
另一位青衣小孩	我也忘了带装着启蒙人类思想的小罐了……
第三位青衣小孩	我忘了带我最漂亮的那颗梨的嫁接苗了……
时　间	赶紧跑去拿！……我们只剩六百一十二秒了……曙光之船的帆已经在猎猎作响，说明她等得不耐烦了……假如你们

迟到，那就再也别想出生了……出发，快点，我们登船吧！……（揪住一个想从他双腿之间钻过去登船的小孩）喂！是你，这可不行！……这已经是你第三次抢着出生了……别再让我逮到你，否则你就去我的姐妹永恒那里永远排队吧，你知道那里可不是什么好玩的地方……好了，大家都准备好了吗？……都坐到自己的座位上了吗？……（目光扫视过集合在码头上或是已经坐在船里的孩子们）还差一个人……躲也没有用，我在人群里看见他了……没人能骗得过我……走吧，你啊，大家都叫你小恋人，和你的心上人道永别吧……

（被称为"恋人"的两个孩子深情款款地相拥着，苍白的脸颊上写满了绝望。他们一齐上前，双双跪在时间之神的脚边。）

第一个孩子　　时间先生，请让她和我一起走吧！

第二个孩子	时间先生,请让他和我一起留下吧!
时　　间	绝不可能!……我们只剩下三百九十四秒了……
第一个孩子	我宁愿不出生!
时　　间	你可没得选……
第二个孩子	(乞求)时间先生,轮到我出生的时候,那就太迟了!
第一个孩子	等她降临的时候,我早已不在人世了!
第二个孩子	我再也见不到他了!
第一个孩子	我们在世上各自伶仃!
时　　间	这可不关我的事……你们向生命之神去提意见吧……我呀,只是依照他们的指令来集结和分散人类罢了……(揪住其中一个孩子)来吧!
第一个孩子	(挣扎)不,不,不!……她也得来!
第二个孩子	(拽着第一个孩子的衣角不松手)放开他!……放开他!
时　　间	喂,这又不是去赴死,是为了出生呀!……(拽着第一个孩子)快来!

183

第二个孩子　　　　（向被拖走的孩子拼命地挥舞着手臂）告诉我一个记号！……一个记号就够了！……告诉我怎么才能找到你！

第一个孩子　　　　我将永远爱你！

第二个孩子　　　　我会是人群中最悲伤的那个女孩！……你会认出我的！……（语毕，魂不守舍地躺倒在地。）

时　　间　　　　你们只能怀揣希望……眼下就只能这样了……（数着他的沙漏）我们只剩六十三秒了……

　　　　　　　　　　（离开的孩子与留下的孩子最后一次激烈喧哗。他们热切地互道着永别："再见了，皮埃尔！……再见了，让……""你的东西都带上了吗？……别忘了把我的想法传达给人类！""……你没有忘记什么吧？……""你要努力认出我呀！……""我会找到你的！……""你的想法没有忘吧？……""别太把身体探向外面！……""记得告诉

	我你的近况！……""他们说这是不允许的！……""可以的，可以的！……总要试试呀！……""如果人间很美的话，试着告诉我！……""我会来见你的！……""我会出生在帝王家！……"）
时　间	（挥舞着他的钥匙和镰刀）够了！够了！……起锚了！
	（船帆渐行渐远。隐约还能听见船上的孩子们渐渐远去的叫声："地球！……地球！……我看见它了！……它好美呀！……它好亮好大！……"这时，远方传来一阵充满喜悦与期待的歌声，仿佛从深渊底部传来一般。）
蒂蒂尔	（对光）这是什么声音？……不像是孩子们的歌声？……听上去是别人的声音……
光	没错，这是刚刚与他们相见的母亲的歌声……

　　　　　　　（说话间，时间将乳白色大门关上了。他转身向殿内瞥了最后一眼，这时他猛然注意到蒂蒂尔、米蒂尔和光的存在。）

时　间　（惊愕且震怒）这是谁？……你们来这里做什么？……你们是什么人？……为什么你们不穿青色衣服？……你们从哪里进来的？……

　　　　　　　（他步步逼近，挥舞着镰刀以示威胁。）

光　　　（对蒂蒂尔）别说话！……我捉到青鸟了……就藏在我的斗篷下面……我们快走……转动魔钻，他就找不到我们了……

　　　　　　　（他们从左侧前方的罗马柱之间闪身离去。）

　　　　　　　（幕落。）

第六幕

第十一场　告　别

场景内设有一堵开着一扇小门的墙。此时正是拂晓时分。

蒂蒂尔、米蒂尔、光、面包、糖、火和牛奶入场[1]。

光　　　　　　你一定猜不到我们在哪里……

蒂蒂尔　　　　当然猜不到，光，我不知道这是在哪里……

光　　　　　　你认不出这堵墙和这扇小门吗？

蒂蒂尔　　　　这就是一堵红墙和一扇绿色小门……

光　　　　　　你完全想不起来吗？

---

[1] 下文中有水的出场，此处作者应是遗漏了。

蒂蒂尔	我只记得时间之神把我们赶出来了……
光	人在做梦时可真奇怪……可能连他自己的手都认不出……
蒂蒂尔	谁在做梦?……我吗?
光	或许是我吧……谁知道呢?……等你猜出来的当儿,给你点提示吧,这堵墙围着一幢房子,你自出生以来可见过不止一次……
蒂蒂尔	一幢我见过不止一次的房子?
光	是呀,小迷糊虫!……这就是那天夜里我们离开的那幢房子,算算日子,正好一年前……
蒂蒂尔	正好一年前?……所以呢?
光	别把眼睛睁得像蓝宝石一样大……这是你爸爸妈妈那幢漂亮的房子呀……
蒂蒂尔	(走向那扇门)我想……其实……我感觉……这扇小门……我认得这个门闩……他们在这里吗?……我们就在妈妈身边吗?……我想马上进去……我想

	立刻亲吻她！
光	稍等一会儿……他们还睡得很沉呢，不能这样惊醒他们……而且，这扇门也只有在时机到了才会打开……
蒂蒂尔	那是几点钟？……还要等很久吗？
光	唉，不用！……只要再等几分钟就好……
蒂蒂尔	我们回到家，你不开心吗？……你怎么啦，光？……你脸色发白，我感觉你好像生病了……
光	没什么，我的孩子……我只是有点感伤，很快我就要离你们而去了……
蒂蒂尔	离我们而去？
光	我必须离开……这里已经不需要我再做什么了。一年过去了，仙女会过来向你要青鸟的……
蒂蒂尔	可是我没有得到青鸟呀！……从回忆之国带回来的那只变成了黑色，从未来之国带回来的那只变成了红色，从夜宫带回来的那些都死了，森林里的那只我没

	能抓到……它们要么变色，要么死掉，要么逃走，难道这是我做错了吗？……仙女会发火吗？她会说什么呢？
光	我们已经尽力了……只能说明青鸟根本就不存在，不然就是把它放进笼子里，它就会变颜色……
蒂蒂尔	我们的笼子放在哪儿呢？
面　包	在这儿，主人……整个漫长艰难的旅途中，我都在无微不至地照看它。今天我的任务就要完成了，我将它完好无缺地归还到您手中，一如当时将它交给我时那样……（如同一位演说家在演讲）现在，请允许我代表所有人再说几句感言……
火	没他说话的份！
水	住嘴！
面　包	来自可鄙敌人和嫉妒对手的恶意打断……（提高音量）是无法阻止我将义务履行到底的……那么，我代表所

	有人……
火	可别代表我说话……我自己有嘴!
面　包	那么，我代表所有人，怀着真诚而深切的情感，在今天这个崇高使命完成之际，向这两位注定不凡的孩子告别。怀着悲伤与柔情，我们互相珍重道别，这是一种相互尊重……
蒂蒂尔	怎么？……你和我们说永别？……你也要离开我们吗?
面　包	唉！不得不如此……我要离开你们了，这千真万确，但这仅仅是表面上的分别而已，无非就是你们再也听不到我们说话……
火	那并不是什么不幸!
水	闭嘴!
面　包	（一脸威严）这可伤害不了我……我刚才说的是，你们无法再听见我们的声音，再也看不见我这样鲜活的模样了……你们的眼睛将不再能够见到事物

	隐秘的生命，但是我将永远都在，在面包箱里，在木板架上，在餐桌上，在汤羹旁，我敢说，我是人类最忠实的用餐伴侣和最长久的朋友……
火	那我呢？
光	好了，时间过得很快，我们回到沉默之中的时刻很快就要来临了……抓紧时间和孩子们吻别吧……
火	（着急）让我先，让我先！……（热烈亲吻两个孩子）再见了，蒂蒂尔，米蒂尔！……再见了，我亲爱的小家伙们！……万一你们需要在某个地方生火的话，可千万要想到我……
米蒂尔	哎呀！哎呀！……他烧着我了！
蒂蒂尔	哎呀！哎呀！他把我的鼻子烫焦了！
光	好了，火，克制一下您的激动……您又不是在和壁炉打交道……
水	真是笨蛋！
面包	没有教养！

水	（走近孩子们）我轻柔地亲吻你们，不会把你们弄疼的，我的孩子们……
火	小心点，她会把人弄湿的！
水	我多情又温柔，对人类可友好了……
火	那些淹死的人呢？
水	请你们好好喜爱喷泉，好好聆听溪流……我一直都在那里……
火	她把什么都淹没了！
水	等到晚上，当你们围坐在泉水边时——森林里不止一处呢，试着明白她想倾诉的话吧……我受不了了……眼泪叫我透不过气来，我无法说下去了……
火	一滴眼泪也没有！
水	当你们见到水壶时，请记起我……你们也可以在水桶里、喷水壶里、蓄水池里和水龙头里见到我……
糖	（带着天生的虚伪和谄媚）如果你们记忆中还有些许位置，请偶尔想起我曾经给你们带来的甜蜜感觉吧……我无法

193

|||再多说了……眼泪和我的体质是不相容的，要是它掉在我的脚上，会让我非常难受的……
面　包|||假惺惺！
火|||（尖声急叫）麦芽糖！水果糖！太妃糖！……
蒂蒂尔|||话说蒂莱特和蒂洛去哪儿了？……他们在干什么？

（与此同时，传来了猫尖锐的哭喊声。）

米蒂尔|||（惊慌）是蒂莱特在哭！……有人在伤害她！

（猫跑进场内，她毛发凌乱，衣衫褴褛，将手帕抵在脸颊上，好像在忍受着牙疼似的。狗紧随其后，对她拳打脚踢，不停地用头撞她，在这样的攻势下，猫发出愠怒的呻吟声。）

狗|||（击打猫）这样呢！……你挨够揍了吗？……还要吗？……这样呢！这样

	呢！这样呢！……
光、蒂蒂尔和米蒂尔	（连忙将他俩分开）蒂洛！……你疯了？……真不像话！……趴下！……有完没完！……真是从未见过这样的事！……住手！住手！……
	（众人奋力将他们分开。）
光	这是在做什么？……发生什么事了？
猫	（拭着眼泪哭诉）都是他，光夫人……他不仅侮辱我，在我的汤里放钉子，扯我的尾巴，还揍了我一顿，我可什么都没做，一点儿也没有，一点儿也没有！……
狗	（模仿着她的语调）一点儿也没有，一点儿也没有！……（向她做出鄙夷的手势，低声道）不要紧，你挨了我的揍，就是挨了我的揍，这种好事，以后有你受的！
米蒂尔	（把猫揽进怀里）我可怜的蒂莱特，告诉我你哪里痛……我也要哭了！
光	（严肃地对狗）眼下的情境本身就已经

够让人难受了，我们马上就要和这两个可怜的孩子分别了……您的行为，就和您选在这个时候给我们上演这场令人难过的戏码一样可耻……

狗　　（猛然醒悟）我们要和这两个可怜的孩子分开了？

光　　是的，你们所知的那个时刻马上就要来临了……我们很快就要回到沉默当中……我们再也无法和他们说话了……

狗　　（顿时发出真正绝望的嗥叫，一下扑到孩子们的身上，狂烈而激动地抚摸他们）不，不要！……我不想那样！……我以后也要说话！……你现在听得懂我说的话，不是吗，我的小主人？……是的，是的，是的！……我们以后还要一直聊，一直聊所有的事情！……我以后会很乖的……我会学习认字写字，还会学玩多米诺骨牌！……我会一直保持干净……再也不去厨房里偷吃东西了……

	你想看我做点什么惊人的事来表示诚意吗?……你想让我去亲亲猫吗?
米蒂尔	(对猫)你呢,蒂莱特?……你什么都不想对我们说吗?
猫	(勉强地,令人捉摸不透地)你们俩有多值得,我就有多爱你们俩……
光	现在轮到我了,孩子们,让我最后吻你们一次……
蒂蒂尔和米蒂尔	(攥住光的衣裙)不,不,不要走,光!……留下来陪我们!……爸爸不会有意见的……我们会告诉妈妈,你对我们很好……
光	唉!我不能留下……我们是无法跨越这扇门的,我必须离开你们了……
蒂蒂尔	那你一个人到哪儿去呢?
光	我走不远,我的孩子们,我就在那边的万物沉默之土里……
蒂蒂尔	不,不要,我不想你走……我们同你一起去……我会和妈妈说的……

光 别哭了，我亲爱的孩子们……我没有水那样动人的嗓音，我只有一抹人类听不见的光亮……但我会守护人类直到末日……你们要记得，在每一缕倾泻的月光中，在每一颗微笑的星星中，在每一道升起的晨曦中，在每一盏发光的明灯中，在每一个掠过你们灵魂的灵光一现中，都是我在同你们说话……（墙后传来八声钟响）听！……钟响了……永别了！……门开启了！……你们进去吧，进去吧！

（她将孩子们推入微微开启的小门中，随即门在他们面前再次阖上了。面包悄悄擦去眼泪，糖、水等已是泣不成声，他们迅速地从舞台左右两侧奔离，消失在后台里。狗的悲号仍从后台传来。一时间，舞台上空空如也，紧接着，代表着带有小门的墙体的装饰物从中间一分为二，展现出最后一个场景。）

第十二场　苏　醒

与第一场相同的内景，但是包括墙壁和整体氛围在内的一切都焕然一新，变得令人难以置信地舒适和愉悦。和煦的阳光从阖着的百叶窗的缝隙洒入房间。

在舞台右侧的后方，摆着两张小床，蒂蒂尔和米蒂尔正躺在床上酣睡。猫、狗和其他事物都回到第一场中仙女到来之前的位置上。蒂尔妈妈登场。

蒂尔妈妈　　　　（柔声斥责）起床啦，喂喂，起床啦！小懒猪们……你们都不害臊的吗？……八点的钟声都响过了，太阳都升到树梢啦！……上帝！看看他们睡得有多沉！……（俯身亲吻孩子们）他们的脸蛋红扑扑的……蒂蒂尔闻上去有薰衣草的香味，米蒂尔闻上去有铃兰花的香味……（再次亲吻他们）多可爱的孩子呀！……即便如此，也不能让他们睡到晌午才起……不能让他们变得好吃懒

	做……而且，我觉得这样对身体也不太好……（轻轻摇晃着蒂蒂尔）快醒醒，快醒醒，蒂蒂尔……
蒂蒂尔	（醒来）怎么了？……光呢？……光在哪儿？不，不，你不要走……
蒂尔妈妈	光？……光当然在这里啦……天早就亮了……虽然窗户还关着，但外面已经像晌午那么亮啦……你等着，让我把窗户打开……（她推开百叶窗，刺眼的日光照入房间）瞧，现在够亮了吧！……你怎么啦？……感觉你像看不见似的……
蒂蒂尔	（揉搓着双眼）妈妈，妈妈！……是你！
蒂尔妈妈	当然是我了！……不然你还想是谁？
蒂蒂尔	是的……是呀，是你！
蒂尔妈妈	是呀，是我……我昨天夜里可没有去换脸……你为什么满脸惊奇地看着我？……难不成我的鼻子装反了吗？
蒂蒂尔	噢！再见到你真是太好了！……我已经好久好久没见你了！……我必须马上亲

亲你……再亲一个，再亲一个，再亲一个！……还有，这是我的床！……我在家里！

蒂尔妈妈　你怎么了？……还没有睡醒吗？……该不会生病了吧？……快把你舌头伸出来看看……好了，起床吧，把你的衣服穿上……

蒂蒂尔　看啊！我还穿着睡衣！

蒂尔妈妈　那当然了……把你的短裤和小袄穿上……它们在椅子上呢……

蒂蒂尔　我旅行的时候都穿着这个吗？

蒂尔妈妈　什么旅行？

蒂蒂尔　就是去年……

蒂尔妈妈　去年？

蒂蒂尔　是呀，没错！……我是去年圣诞节时出发的！

蒂尔妈妈　出发？……你都没有离开过你的房间……我昨晚哄你睡着的，今早又在这儿见到你……你是做梦梦到这些了吗？

蒂蒂尔	你不明白！……我和米蒂尔、仙女、光她们离开之后，已经过了一年了……光，她很好！面包、糖、水、火，他们几个总是打架……你没有生气吧？……也没有太伤心吧？……爸爸和你说什么了吗？……我没法不去……我留了一个字条跟你们解释来着……
蒂尔妈妈	你在胡说什么呢？……你肯定是生病了，要么就是你还没醒呢……（亲切地推了推他）嘿，快醒醒……嘿，现在好些了吗？
蒂蒂尔	妈妈，我和你说的是真的……是你还没睡醒呢……
蒂尔妈妈	怎么！我还没睡醒？……我六点就起来了……家务活儿我都干完了，还生了火……
蒂蒂尔	那你问问米蒂尔，这是不是真的……啊！我们还有过好几次冒险呢！
蒂尔妈妈	什么，米蒂尔？……究竟怎么回事？
蒂蒂尔	她和我一块儿走的……我们还见到了爷

	爷奶奶……
蒂尔妈妈	（越来越糊涂）爷爷奶奶？
蒂蒂尔	是呀，在回忆之国……我们路过那里……他们都死了，但身体都很好……奶奶还给我们做了一个漂亮的李子挞……我还见到了弟弟妹妹，罗贝尔跟让，还有他的陀螺，还有马德莱娜、皮埃雷特、波利娜和丽格特……
米蒂尔	丽格特还在地上爬着走呢！
蒂蒂尔	波利娜鼻子上的痘还没消……
米蒂尔	我们昨天晚上也见到你了。
蒂尔妈妈	昨天晚上？……不奇怪呀，因为我过来抚摸你了。
蒂蒂尔	不是，不是，是在幸福花园里。你在那里要漂亮多了，但模样还是差不多的……
蒂尔妈妈	幸福花园？我可不认识那里……
蒂蒂尔	（端详着她，然后吻了一下）是的，你在那里更好看，但是我更喜欢你这个样子……

米蒂尔	（也吻了她）我也是，我也是……
蒂尔妈妈	（十分感动，但依然担心）我的上帝！他们俩究竟怎么了？……我该不会要像失去其他几个孩子一样，也要失去他们了吧！……（顿时惊慌起来，呼唤）蒂尔爸爸！蒂尔爸爸！……快过来！孩子们病了！
	（蒂尔爸爸手握一把斧子，沉静地入场。）
蒂尔爸爸	怎么了？
蒂蒂尔和米蒂尔	（欢欣雀跃跑去亲吻他们的爸爸）瞧，是爸爸！……是爸爸！……爸爸，你好！……你今年的工作辛苦吗？
蒂尔爸爸	呃，说什么呢？……发生什么事了？……他们看起来不像生病的样子，气色都好极了……
蒂尔妈妈	（哀怨）话可别说那么满……就像其他几个孩子一样……他们那时候气色也很好，可是最后，上帝还是把他们带走

了……我不知道他们到底怎么了……明明昨天晚上我看着他们入睡的，可是今天早上他们醒来之后，就一切都不对劲了……他们胡言乱语的，在说什么旅行……他们还看见了光，看见了已经死去但身体依然健康的爷爷奶奶……

蒂蒂尔	不过爷爷还是一直拄着那条木腿……
米蒂尔	奶奶的风湿病也没好全……
蒂尔妈妈	你听见了吧？……快去找医生来！
蒂尔爸爸	不会的，不会的……他们又不是快死了……慢着，先让我们瞧瞧看……（有人敲响小屋的门）请进！

（邻居家那位小老太太拄着拐杖进来了，她的长相酷似第一幕中的仙女。）

邻居太太	大家日安，节日快乐！
蒂蒂尔	是贝丽绿娜仙女！
邻居太太	我正在准备过节用的炖汤呢，想来你们家借点儿火……今天早上真是怪冷的……早上好呀，孩子们，你们还好吗？

蒂蒂尔	贝丽绿娜仙女夫人,我没能找到青鸟……
邻居太太	他在说什么呢?
蒂尔妈妈	可别问我,贝尔林格夫人……他们说话稀里糊涂的……早上起来之后,他们就成了这个样子……大概是吃了什么不干净的东西……
邻居太太	好吧,蒂蒂尔,你不认得贝尔林格奶奶了吗?你的邻居贝尔林格呀!
蒂蒂尔	我认得您,夫人……您就是仙女贝丽绿娜……您不会生气了吧?
邻居太太	贝丽……什么?
蒂蒂尔	贝丽绿娜。
邻居太太	贝尔林格,你是想说贝尔林格吧……
蒂蒂尔	贝丽绿娜,贝尔林格,您想叫什么都行,夫人……但是,米蒂尔也知道的……
蒂尔妈妈	太糟糕了,米蒂尔也变成这样了……
蒂尔爸爸	好了,好了!……都会过去的,我一会儿给他们几记耳光就好了……
邻居太太	放过他们吧,用不着打他们……我知道

	这是怎么回事，就是一些遐思罢了……他们应该是睡觉的时候，被月光照到了……我病重的小姑娘也经常这样……
蒂尔妈妈	说到这个，你的小姑娘身体好些了吗？
邻居太太	马马虎虎……她还没法起床……医生说是神经的问题……我知道怎么才能让她好起来……她今天早上还问我要了，说是当作她的圣诞礼物，她老想着这个……
蒂尔妈妈	我知道，她想要蒂蒂尔的那只鸟……好吧，蒂蒂尔，你就不能把鸟送给这个可怜的小姑娘吗？
蒂蒂尔	什么呀，妈妈？
蒂尔妈妈	你的那只鸟……你对它也不管不问……瞧都不瞧它一眼……小姑娘可是想要它想得要死了！
蒂蒂尔	啊，对，我的鸟……它在哪儿呢？……啊！在笼子里！……米蒂尔，你看见鸟笼了吗？……就是面包提着的那个……是的，是的，就是这个鸟笼，可是里面

	只剩下一只鸟了……他难道把其他都吃了吗？……看哪，看哪！……它是青色的！……可是它是我的斑鸠呀！……它的颜色比我走的时候要青多了！……这就是我们要找的那只青鸟！……我们走了那么远的路，它却在这里！……啊！真是不可思议！……米蒂尔，你看见这只鸟了吗？……光会说什么呢？……我要把鸟笼取下来……（他爬到一张椅子上，将鸟取下来，递给邻居太太）给您，贝尔林格夫人……它现在还没有完全变成青色，但它会变成全青的，您等着瞧吧……快把它带给小姑娘吧……
邻居太太	不是吧？……真的吗？……你就这样痛快地把它送给我了吗？……上帝！她该多开心呀！……（亲吻蒂蒂尔）我必须得亲亲你！……我告辞了！……告辞了！
蒂蒂尔	好的，好的，快走吧……有的鸟会变颜色的……

邻居太太	我会回来告诉你们她的反应的……
	（邻居太太退场。）
蒂蒂尔	（久久地望着四周）爸爸，妈妈，你们收拾家里了吗？……还是这栋房子，但是变得好看多了……
蒂尔爸爸	怎么会，它变得更好看了吗？
蒂蒂尔	是呀，全都重新漆过，到处都翻新了，那么闪闪发光，那么干净……去年家里可不是这样的……
蒂尔爸爸	去年？
蒂蒂尔	（来到窗户边）眼前的森林！……它是这样大，这样美！……像是新长出来的一样！……我们在这里好幸福呀！……（走去把面包箱打开）面包在哪？……瞧呀，它们安安静静地待在这里……还有，蒂洛，你在这儿！……早安，蒂洛，蒂洛！……啊！你可是大战了一场！……你还记得在森林里发生的事情吗？
米蒂尔	蒂莱特呢？……她以前认得我的，如今

	她却不会说话了……
蒂蒂尔	面包先生……（摸了摸额头）啊，我的钻石不见了！谁把我的绿色小帽拿走了？……算了！我再也不需要了……啊！火！……他好着呢！……他噼里啪啦地笑着，在惹水生气呢……（跑到水池边）水呢？……早安，水！……她在说什么？……她说个不停，我却无法像以前那样听懂她的话了……
米蒂尔	我没看见糖……
蒂蒂尔	天哪，我现在好幸福，好幸福，好幸福！
米蒂尔	我也是，我也是！
蒂尔妈妈	他们这样转来转去的是在做什么？
蒂尔爸爸	让他们去吧，别担心……他们在游戏取乐呢……
蒂蒂尔	我啊，我最爱光了……她的灯在哪儿呢？……我们可以开灯吗？……（仍打量着周围）老天！一切都太美好了，我太高兴了！

(有人敲响小屋的门。)

蒂尔爸爸 请进!

(邻居太太进来了,手里牵着一位美丽的金发小姑娘,她怀中抱着蒂蒂尔的斑鸠。)

邻居太太 你们看,奇迹发生了!

蒂尔妈妈 不可能吧!……她能走路了?

邻居太太 走路!……她简直是在跑步、跳跃和飞翔呢!……当她看到这只鸟时,像这样一下就蹦了起来,跳到窗户边,凑着光线,仔细辨认这是不是蒂蒂尔的那只斑鸠……接着,哇!……她就像一位天使似的,跑到街上去了……我费了好大劲才追上她……

蒂蒂尔 (走近,一脸惊奇)噢!她长得可真像光!

米蒂尔 就是个子小得多……

蒂蒂尔 没错!……但是她会长大的……

邻居太太 他们在说什么呢?……还没好起来吗?

蒂尔妈妈	好一些了,会过去的……等他们吃过午饭,就不会再这样了……
邻居太太	(把小姑娘推到蒂蒂尔怀中)来,去吧,我的孩子,去谢谢蒂蒂尔……
	(蒂蒂尔忽然害羞起来,后退了一步。)
蒂尔妈妈	哎呀,蒂蒂尔,怎么啦?……你害怕小姑娘呀?……来吧,亲亲她……给她一个吻……再亲个更大的……你平时可没那么害羞的!……再来一个!……你到底怎么啦?……看上去要哭了似的……
	(蒂蒂尔在笨拙地亲吻了小姑娘之后,呆呆地在她面前站了一会儿,两个孩子静默不言地对视着,接着蒂蒂尔摸了摸鸟儿的头。)
蒂蒂尔	它的颜色够青吗?
小姑娘	够青呀,我很喜欢……
蒂蒂尔	我还见过更青的呢……但是你知道,那些全青的鸟儿,我们怎么也抓不到……

小姑娘	没关系的,它已经很漂亮了……
蒂蒂尔	它吃过东西了吗?
小姑娘	还没有呢……它都吃什么呀?
蒂蒂尔	什么都吃,小麦呀,面包呀,玉米呀,知了呀……
小姑娘	它怎么吃东西呀?
蒂蒂尔	用嘴吃,你等着,我来给你演示……

  (他想从小姑娘怀中接过鸟,小姑娘却本能地不松手。就在他们僵持的瞬间,斑鸠挣脱了束缚,飞走了。)

小姑娘	(发出绝望的尖叫)妈妈!……它飞走了!

  (她号啕大哭。)

蒂蒂尔	没事的……别哭……我会把它抓回来的……(走到舞台前侧,对着观众)如果有人抓到它,可以把它还给我们吗?……我们需要这只让我们变得幸福的鸟……

  (幕落。)

图书在版编目（CIP）数据

青鸟 /（比）莫里斯·梅特林克著；肖紫茜译.
成都：天地出版社, 2025.1. —（可以不用长大）.
ISBN 978-7-5455-8557-5

Ⅰ.I564.88
中国国家版本馆CIP数据核字第2024GM7782号

QINGNIAO
青 鸟

出 品 人	杨 政
作 者	［比］莫里斯·梅特林克
译 者	肖紫茜
责任编辑	燕啸波
责任校对	张思秋
封面设计	刘 洋
内文排版	谢 彬
责任印制	王学锋

出版发行	天地出版社
	（成都市锦江区三色路238号 邮政编码：610023）
	（北京市方庄芳群园3区3号 邮政编码：100078）
网 址	http://www.tiandiph.com
电子邮箱	tianditg@163.com
经 销	新华文轩出版传媒股份有限公司

印 刷	北京旺都印务有限公司
版 次	2025年1月第1版
印 次	2025年1月第1次印刷
开 本	787mm×1092mm 1/32
印 张	7
字 数	116千字
定 价	36.00元
书 号	ISBN 978-7-5455-8557-5

版权所有◆违者必究

咨询电话：（028）86361282（总编室）
购书热线：（010）67693207（营销中心）

如有印装错误，请与本社联系调换